AF397719

1. luku

Oli heinäkuu. Elettiin 60-luvun alkupuolta Keski-Suomessa. Marja oli tulossa kaupasta, Hän käveli tien laitaa paljain jaloin. Hiekka poltteli jalkapohjia ja aurinko olkapäitä. Onneksi loppumatkalla hän pääsi metsän siimekseen oikopolulle.

Jostain kuului niittokoneen raksutus. Naapurissa tehtiin heinätöitä ja huomenna olisi heidän vuoronsa saada talkooväki pellolleen. Sitä varten Marjan äiti oli laittanut tyttärensä kauppareissulle. Tarjottavaa piti olla. Töitä tehtiin enimmäkseen ruokapalkalla.

Marja kulki ajatuksissaan ja säpsähti, kun vastaan tuli vanhahko harmaatukkainen nainen.

Marja niijasi hyvät päivät. Nainen pysähtyi ja katsoi häntä syvälle silmiin. "Marjakos se siinä. Olepa varovainen, kun kuljet täällä metsässä yksiksesi." "Joo kyllähän minä," soperteli Marja ja lähti kiiruhtamaan kotiaan kohti.

Marja vei ostokset keittiöön, jossa Elina äiti ja Manta piika olivat leipomassa leipää ja pullaa huomista varten "Joo, kaikki löytyi. Tullessa vastaan tuli Elsa. Se näyttää aika pelottavalta, kun se katsoo suoraan silmiin."

"Niinhän sitä sanotaan, mutta ei sinun häntä tarvitse pelätä. Hän on auttanut monia ihmisiä kylällä. Ihmiset eivät vain kerro vierailuistaan hänen luonaan. Häntä mennään tapaamaan vain silloin, kun on tosi kyseessä." "Olen kuullut kerrottavan, että hän on oikea noita. On noitunut jonkun miehen ihan sekopäiseksi," tiesi Marja. "Luultavasti ukkopaha oli vain säikähtänyt ja sotkeentunut omiin jalkoihinsa ja kaatuessaan lyönyt päänsä kiveen. Ei kaikkea kannata uskoa, mitä kylällä puhutaan. Jutut lähtevät niin helposti kulkemaan.

Käyppä viemässä likaämpäri ja tuo samalla ruohosipulia navetan vierestä." Äiti halusi kasvattaa Marjasta kunnon emännän, sellaisen, joka pärjäisi tässä kovassa maailmassa. Niinpä Marja joutui tekemään kaikenlaisia töitä heti pienestä pitäen.

Marjan koti oli sellainen pientila, jollaisia siihen aikaan oli Suomessa paljon. Heillä oli seitsemän lehmää, jotka lypsettiin aamuin illoin. Maitotonkat vietiin aamuisin maitolaiturille tien varteen, josta maitoauto kuljetti ne meijeriin. Lisäksi heillä oli pari kesäsikaa ja muutama lammas.

Kanalassa kuopi maata parikymmentä kana ja kukko. Peltoa oli muutama hehtaari, mutta metsää heillä oli tavallista runsaammin, joten heitä arvostettin kylällä enemmän kuin tavallisia pikkutilallisia. Illalla Marja ajatteli Elsaa. Ensin hän oli tuntunut pelottavalta, mutta toisaalta hänen lähellään oli hyvä olla, jotenkin rauhallista. Heillä kotonaan sellaista ei olut ollenkaan. Kalle, Marjan isä oli arvaamaton mies. Välillä hän oli iloinen ja toi Marjallekin makeisia iltareissuiltaan, mutta toisinaan taas kotiin palattuaan hän purki kiukkuaan Elinaan ja silloin Marja oli jo tottunut luikkimaan piiloon aitan ylisille.

2. luku

Elina ajatteli elämäänsä. Tässäkö tämä
oli.
Hän muisteli lapsuuttaan talossa äidin ja
isän kanssa. Kuinka hän oli haaveillut
tulevaisuuttaan talon emäntänä. Oli
leikkinyt käpylehmillä, uinut järvessä ja
kerännyt marjoja ja sieniä lähimetsästä.
Tuntui, että kaikki tapahtui aivan äsken.
   Sitten hän oli kohdannut komean Kallen,
heidän ollessaan avustamassa
Hulkkosten navettakeittiön
rakentamisessa. Silloiset eristeet olivat
tavan mukaan asbestia, eikä sen
vaarallisuudesta tiedetty mitään.
   Isä ei ollut ihastunut tyttären
sulhasvalintaan ja epäsi vihkiluvan. Elina
oli lopulta ilmoittanut olevansa raskaana ja
niin he pääsivät vihille, mutta isä teetti
heille avioehtopaperin.
Kallle oli hutaissut nimensä paperiin
ymmärtämättä lainkaan, mitä se tarkoitti.
Vähän häiden jälkeen Elina sai
keskenmenon. Hän suri kauan kuollutta
poikaansa, mutta Kallea ei asia vaivannut.
Meni neljä vuotta ennen kuin Marja syntyi.
Kalle ei ei ollut vauvasta ilahtunut, se oli
vain sellainen karjuva käärö ja likkakin

vielä. Vuodet kuluivat, mutta enempää jälkeläisiä ei heille siunaantunut.

Kun Marja oli kymmenen ikäinen, isäntä oli tehnyt suuret metsäkaupat tarkaoituksena oli rakentaa pihapiiriin pirtti vanhemmalle polvelle, mutta puita kaadettaessa isäntä jäi kaatuvan puun alle, eikä mitään ollut tehtävissä.

Viikon päästä olivat hautajaiset. Koko kylän väki oli saapunut paikalle . Syötiin lihakeittoa ja juotiin kakkukahvit päälle. Muisteltiin vainajaa ja vaivihkaa tarkkailtiin Elinaa ja Kallea.

Kallesta tuli nyt isäntä, mutta ei hänestä sellaiseen hommaan ollut.
Kalle oli viisipäisen veljessarjan nuorin, äitinsä lellikki. Vanhemmat veljet yrittivät "kasvattaa" häntä, mutta äiti meni aina väliin ja niin Kalle tottui saamaan tahtonsa läpi. Hän osasi olla hellyttävä. Katseli suurilla sinisillä silmillään äitiään ja uskotteli, että toiset häntä kiusaavat ja äiti ei voinut kullanmurustaan mitään pahaa uskoa. Kallen isä ei kasvatushommiin paljoa puuttunut. Vain joskus, kun nujakka kävi sietämättömäksi, hän otti vyön housuistaan ja hutki joka pojan takamukset helliksi. Siihen nujakointi aina loppui ja pojat osasivat enimmäkseen

varoa tappelemasta isän ollessa
kotosalla. Hän olikin paljon poissa, sillä
olihan hänen harteillaan pontikkapannun
vahtiminen.
Miesporukalla oli ”tehdas” metsässä,
missä he tiputtelivat korpikuusen
kyyneleitä ja kauppa kävi hyvin. Tehdasta
siirrettiin aina välillä paikasta toiseen, ettei
virkavalta sitä löytäisi, mutta ei
vallesmanni ollut siitä kovin kiinnostunut.
 Kalle kutsui serkkunsa Einon avuksi.
Emäntä piti ohjakset käsissään, mutta oli
tyytyväinen Einon apuun. Olihan hän
käynyt oikein maamieskoulun kirjekurssin
ja työskennellyt kartanossa renkinä.
Elinan äiti tuumaili, että Einosta olisi tullut
paljon parempi isäntä kuin Kallesta.
   Kahden vuoden päästä Elinan äiti kuoli
äkisti sydänkohtaukseen. Taas vietettiin
hautajaisia.

Nyt Kalle halusi lisää valtaa ja
rahaa.Kavereita oli alkanut olla
vonkaamassa lainaa ja pelipaikalla
panokset olivat suurentuneet. Kyllähän
isäntämiehellä kavereita piisasi.
   Välillä kortti toi, mutta enimmäkseen vei
ja Elina sai tuntea häviöt nahoissaan.
Kallesta oli tullut hyvin väkivaltainen,
mutta kun on papin edessä luvannut

rakastaa ja olla uskollinen, niin nöyrästi oli ristinsä kannettava.

3. luku

Aamulla Marja heräsi kummalliseen vatsakipuun.Vähän väliä vihlaisi pahasti ja muutenkin olo oli kipeä. Sitten hän huomasi vuotavansa verta. "Tälläistäkö tämä sitten on. Tästä ne vanhemmat tytöt ovat puhuneet."

Marja meni kertomaan äidille.

"Tämä tästä nyt vielä puuttui. Nyt saat olla todella tarkkana poikien kanssa. Tuolla liinavaatekaapissa on sidetarpeita. Siivoa sänkysi ja mene pesemään pyykit. Tuolla korissa on muutakin pestävää."

"Miten äidistä on tullut tuollainen" ihmetteli Marja mennessään saunalle.

Sauna oli rannassa. Hän haki järvestä vettä ja laittoi pyykit puiseen saaviin likoon. Sitten hän kantoi monta ämpärillistä rautapataan ja sytytti tulen sen alle.

Ilma oli lämmin, vaikka oli vasta aamu. Linnut livertelivät ja luonto näytti parhaimmat puolensa. Rannan kaislat kahisivat ja Marja mietti naiseksi tulemistaan. Samalla häntä askarrutti, miksi äiti oli niin tyly nykyään.

Manta tuli myös pyykkinyytin kanssa saunalle.

”Onpa korree aamu” hän tuumi. ” Kuulin emännältä, että oot vähän kippeenä. Sellasta se akkaihmisen elämä on. Älä nyt hirveesti rehki. Mee vaikka pitkälles kyllä mä nää pyykit hoidan.”

Marja meni laiturille istumaan, mutta palasi kohta saunaan, missä Manta täytti pulsaattorikonetta. Kone oli vastikään hankittu ja se helpotti pyykkäreiden töitä kovasti. Koneen pyöritellessä pyykkiä Marja kertoi tavanneensa eilen kauppareissulla Elsan.

”Kyllä mä säikähdin sitä kauheesti, kun se katsoi mua suoraan silmiin. Karkuun mun piti lähteä. Aamulla ajattelin, että onkos tämä nyt niitä noitumisen seurauksia.”

”Ei tollaset noituutta ole. Olet vain tullut siihen ikään, että muutut oikeaksi naiseksi. Et ole enää mikään pikkulikka. Nosta nokka vaan pystyyn ja pysy erossa hulttioista.”

”Tiedätkö, miksi äidistä on tullut niin äkäinen viime päivinä?”

”Hänellä ei ole kaikki nyt kohdallaan. Olen kanssa katsonut kuinka hän on laihtunut ja yskii yhtenään. Muistatko, kun hän kävi viime viikolla kaupungissa?”

”Joo sanoi menevänsä ostoksille, muttei hän sieltä mitään tuonut.”

"Mä luulen, että se kävi lääkärissä, eikä
saanut kovin hyviä uutisia."
Synkkä tunnelma laskeutui pyykkitupaan.
Marja huuhtoi pestyjä lakanoita ja
vaatteita laiturilla. Sitten he ripustivat ne
narulle kuivumaan. Tuntui kuin kaikki
voima olisi kadonnut.
"Mitäs tässä nyt pitäisi tehdä?" Marja
kyseli.
"Annetaan ajan vähän kulua, kyllä kaikki
vielä selviää."

4. luku

Heinäväki tuli syömään. Emäntä annosteli ruuat lautasille, joten kukaan ei päässyt rohmuamaan ylimääräisiä lihapaloja. Kalle isäntä leikkasi leipää pöydän päässä ja Marja tarjoili viipaleita ruokailijoille. Väki söi hyvällä ruokahalulla. Jokainen ahtoi mahaansa niin paljon kuin sopi. Oltiinhan töissä osittain ruokapalkalla. Soppa teki hyvin kauppansa, eikä leivästäkään jäänyt kuin pieni kannikka. Vuorossa olivat puolen tunnin ruokaperäiset ja sitten väki meni taas pellolle.

Tänään joukossa oli uusi tulokas, Juuso niminen poika. Hän oli juuri rippikoulusta päässyt, totisen näköiset silmät ja vähän untuvia nenän alla. Hän katseli Marjaa kiinnostuneen näköisesi, mutta Marja ei nyt vaikuttanut kiinnostuneelta.

Marja ja Manta pesivät astiat ja siistivät tuvan miesten jäljiltä. Äiti oli mennyt kamariin levolle.

Yhtäkkiä hän sai kovan yskänpuuskan ja Marja meni hädissään katsomaan. Äiti piteli nenäliinaa suunsa edessä ja silloin

Marja näki, että siinä oli pieniä punaisia pilkkuja.

"Kuule äiti. Mikä sulla oikein on? Kaikkihan näkee, ettet sä ole oikein kunnossa. Kävitkö sä siellä kaupungissa pari viikkoa sitten lääkärin pakeilla ja mitä se sulle sano? Kerro nyt ihmeessä. Me ollaan susta huolissamme."

"Mitäpä minusta. Mun asiani ovat aika huonolla tolalla. Kaikki on alkanut silloin, kun me Kallen kanssa oltiin rakentamassa Hulkkosten navettakeittiötä silloin nuorena. Siellä oli asbestia eristeenä. Sieltä mä sain sitä asbetipölyä sisuksiini ja nyt on keuhkot tohjona. Saa nähdä kuinka kauan jaksan täällä kitkuttaa."

Marja kalpeni entisestään. Miten hänelle kävisi, jos äiti vaikka kuolisi tähän paikkaan.

"Mä voisin käydä vaikka huomenna siltä noita Elsalta kysymässä rohtoja."

"Eipä tähän taida enää mitkään tropit auttaa, mutta jos haluat, voithan käydä hänen mökillään. Ota viemisiksi munia kanalasta."

Ilta kului tavalliseen tapaan. Työmiehet saivat illallisen. Lehmät lypsettiin ja vietiin takaisin laitumelle.

Isäntä Kalle lähti kylälle. Hän vietti mieluusti aikaansa kylän kapakassa kavereiden kanssa.

Tänään hän oli ihan vähällä voittaa, mitta sitten ässä jäi tulematta ja niin illalla Kalle saapui kotiin päihtyneenä ja vihaisena.

Marja luikki aitan ylisille. Sinne hän kuuli mätkimistä ja vaimeita valituksia, kun äiti sai osansa pelihäviöistä.

Seuraavana aamuna Elina peitteli tottuneesti meikkivoiteella mustelmia, joita peli-illan seurauksina ilmaantui eri puolille hänen kehoaan. Marja säästyi näin isommilta kolhuilta, mutta ahdistus täytti hänen mielensä.

Silloin taas, kun korttionni oli ollut myöten, toi isä Marjalle karamelleja, silitteli tytön tukkaa ja harteita. Marjasta kuitenkin tuntui, että kiukkuinen isä oli helpompi kohdata. Silloin tiesi, mitä tehdä: Karkuun ja piiloon vain ja äkkiä.

5. luku

Aamulla elämä talossa näytti aivan
tavalliselta. Äiti oli vaitonainen ja peitteli
mustelmiaan isä näytti krapulaiselta ja
katuvalta. Hän yritti hyvitellä tekosiaan ja
äiti, vanhan ajan kasvattina antoi taas
anteeksi. Kyllähän miestä pitää kestää,
kun on tälle antanut papin edessä
lupauksen myötä ja vastamäessä
rakastamisesta.
   Aamuaskareiden jälkeen Marja kävi
kanalasta hakemassa korillisen munia ja
lähti Elsan mökkiä kohti. Ensin hän käveli
pellon piennarta metsän laitaan ja etsi
sitten polun, joka vei mäen yli. Oli lämmin
kesäaamu. Kuinka rauhalliselta kaikki
tuntuikaan. Isot kuuset seisoivat
sammalten ja varpujen peittämässä
maassa juhlallisen näköisinä.
   Marja katseli mättäitä ja huomasi, että
mustikat alkavat olla kypsiä. "Niitähän
tuleekin tänä vuonna runsaasti" hän mietti
" Täytyy tulla piakkoin keräämään."
   Nyt hän oli mäen päällä ja katseli kotiaan
kohti. Siellä talon katto näkyikin ja järvi
sen takana kimmelteli. "Onpa täällä
kaunista."

Sitten hän kiiruhti askeleitaan ja tunsi kuinka pala nousi kurkkuun ja sydän alkoi hakata kiivaasti.

Siinä Elsan mökki jo olikin. Se oli sellainen harmaa siisti hirsirakennus. Pihalla oli halkovaja, huussi, maakellari ja kaivo. Paikka näytti hyvin rauhalliselta.

Marja koputti arasti ovelle ja ehti ajatella tuhat ja sata asiaa sekunnissa. "Lähtisinkö karkuun", mutta huoli äidistä piti hänet paikallaan.

Ovi avautui ja Elsa seisoi hänen edessään, eikä vaikuttanut yhtään pelottavalta.

"Päivää" Marja sanoi ja niiasi syvään.

"Tervetuloa tyttöseni, ehdinkin jo sinua odotella. Mikäs sinut tänne toi?"

"Äiti on huonossa kunnossa. Hän yskii kovasti ja välillä suusta tulee verta. Hän on kovin kipeän näköinen. Äiti on käynyt kaupungissa lääkärin pakeilla, muttei hän siitä paljoa kertonut. On kuulemma saanut joskus nuorempana asbestia keuhkoihinsa ja nyt keuhkot ovat huonossa jamassa. Niin ja tässä olisi munia maksuksi, jos sinulla on jotain rohtoja hänelle" Marja sanoi ja ojensi munakopan Elsalle.

"Rauhoituhan nyt tyttöseni. Minulla on tuossa valmiina teetä. Istutaan tuohon pöydän ääreen."

Pöytään oli jo valmiiksi katettuna kaksi kuppia ja teepannu oli lieden kulmalla. Marja ihmetteli ja ajatteli mielessään, että kyllä Elsa on ihan selvästi noita.

Elsa kaatoi teetä kuppeihin ja kysyi Marjalta kuinka vanha tämä oli. Marja vastasi olevansa melkein neljätoista.

"Kuinkas teillä siellä kotona elämä muuten sujuu. Nyt sinun ei tarvi ujostella, eikä kaunistella. Kerro vain miltä sinusta itsestäsi tuntuu."

Marja säikähti taas. Eihän sellaisia sopinut kertoa. Kotipesää ei saa liata, oli isäkin monta kertaa sanonut, mutta Nyt Marjasta tuntui, että hän voisi puhua mitä vaan ja niin hän kertoi isän ryyppyreissuista ja äidin hakkaamisesta. Sitten hän kertoi omasta ahdistuksestaan ja peloistaan. Olo tuntui jotenkin raukealta ja hyvältä.

Sitten hän säikähti: "Oliko teessä jotain huumaavaa ja onko Elsa hänet noitunut," hän ajatteli.

"Ole aivan rauhassa. Tee on ihan vaaratonta. Se kyllä vähän rentouttaa, mutta en aio sinulle mitään pahaa tehdä."

"Olisiko sinulla antaa jotain rohtoja äitiä varten, että hän paranisi?"

"Kaikkia vaivoja ei voi parantaa näillä lääkkeillä, mutta voin antaa hänen oloaan helpottavaa rohtoa" Elsa sanoi ja avasi Pienen kaapin oven. Siellä oli rivissä erilaisia pulloja, kuivattuja yrttejä ja kummallisia kippoja ja kuppeja. Hän otti yhden pienen pullon ja antoi sen Marjalle. "Laita tästä kolme tippaa äitisi juomaan aamuin illoin. Tämä vie kipuja pois ja auttaa hengitystä."

Keventynein mielin Marja lähti kotimatkalle. Metsiköstä hän keräsi munakopan täyteen mustikoita ja ihmetteli, kuinka iloiseksi hän itsensä tunsikaan.

"Voisinko minäkin ruveta noidaksi." hän mietti.

6. luku

Marja oli palannut kotiin. Äitikin tuli keittiöön ja Marja esitteli innokkaana pientä pulloa, jonka oli saanut Elsalta. Äiti kiitteli ja huomasi mustikat tiskipöydällä. ” Kas vain, mustikatkin ovat kypsyneet. Niitä minun tekeekin nyt heti mieli maistaa” ja niin hän otti kulhon kaapista, laittoi mustikoita siihen ja talkkunajauhoja päälle. Marja oli mielissään. Hän oli ollut huolissaan äidin ruokahaluttomuudesta. ”Voin mennä vaikka huomenna noukkimaan lisää. Nyt lähden viemään heinäväelle kahvit.

Manta oli leiponut päivällä ja oli laittanut pellolle vietävään koriin tuoretta pullaa ja kahvia. Kahvi oli Airamin termospullossa ja lisää oli villasukalla peitetyssä lasipullossa.

Marja otti korin käsivarrelleen ja lähti kohti kauempana olevaa peltoa. Siellä väki nosteli heinää seipäille. Juuso oli päässyt ajamaan haravakonetta.

Kaikki kokoontuivat Marjan ympärille. Hän kaatoi kahvia kuppeihin ja piti silmällä pullakoria, niin ettei kukaan kehdannut ottaa ylimääräistä. Kauempana raksutti

niittokone. Riittu oli valjastettu koneen eteen ja Kalle istui kuskin pukilla. Marja kävi viemässä hänellekin annoksen. Kalle oli hiljainen ja kyseli äidin vointia. Marja selitti, että äiti näytti ihan tavalliselta. Hän ei alkanut
kertomaan mitään käynnistään Elsan luona.

Kun Marja pakkasi astioita takaisin koriin, tuli Juuso hänen viereensä ja alkoi kysellä. ” Oletkos jo käynyt rippikoulun?” Hän aloitti vähän kangerrellen. ”Mä pääsin ripille juhannuksena, niin että sekin homma on hoidettu.”

”En mä vielä, mutta ens kesänä varmaankin. Oliko siellä vaikeeta?”

” Ei se kovin kummalista ollu. Virsiä veisattiin ja pappi luki raamattua ja yritti saada meitä uskovaisiksi. Ulkoa piti lukea pitkät rimpsut. Oli isämeidät ja siunaukset, kymmenen käskyä ja niiden kaikki selitykset. Niitä se sitten kyseli kirkossa kaiken kansan kuullen juhlapäivänä.”

”Osasitko vastata kysymyksiin?”

”Ei mun onneks tarvinu. Se sattu kysymään vieruskaverilta. Mutta nyt mun täytyy mennä taas ajelemaan Pollen kanssa.”

Marja käveli kotiin päin ja ajatteli, miten tutulta Juuso tuntuikaan. Ihan kuin olisin

tuntenut hänet iät ja ajat. Mistähän se on
tänne tullut.

Keittiössä alettiin valmistella illallista.
Vuorossa oli läskisoosi ja perunat. Marja
kyseli Mantalta, mitä tämä tiesi Juusosta.
"Joo, sen koti on tuolla takakylällä. Se
kuuluu jo tonne toiseen koulupiiriin. Niillä
on sellainen pikkuinen mökki, yksi lehmä
ja kanoja. Yleensä ne pitää kesäisin sikaa
ja paria lammasta, jotka syksyisin pannan
lihoiksi. Juuson isä Oskari on talvisin
tehnyt metsätöitä ja kesäisin tiloilla
sekalaisia hommia.
Juuso on käynyt oikein oppikoulua
kirkolla, mutta nyt taitaa pojan
lukuhommat tyssätä, kun Oskari on
häipynyt. Se sanoi lähtevänsä Ruotsiin
parempiin tienisteihin, mutta joku oli
nähnyt sen Kuopion torilla maalatun
naisen kanssa, Eikä ole Ruotsista mitään
rahavirtaa ilmaantunu. Juuson äiti on
kanssa tommonen kivulloinen, niinku toi
meidänki emäntä, joten Juuson on nyt
ruvettava tienaamaan, ei sitä voi vaan
koulussa istuskella,"
Marja kävi hakemassa navetan
seinustalta salaattia ja ajatteli, miten
surulliselta Mantan kertomus kuulostikaan.

Seuraavana aamuna Marja lähti poimurin ja korin kanssa metsään.

Metsä oli aina tuntunut Marjasta rauhoittavalta paikalta. Puut humisivat kuin musiikki. Itikat inisivät. Ne eivät musiikilta kuulostaneet ja niitä hän huiski kasvoiltaan.

Sitten hän huomasi, että Elsakin oli tullut metsään. Hän toivotteli hyvät päivät ja Elsa vastasi iloisesti.

"Miksi eivät itikat parveile ollenkaan ympärilläsi?" Marja ihmetteli. "Katsos minulla on tällaista öljyä, jota sivelen iholle. Siitä eivät inisjät tykkää. Tästä saat sinäkin, niin ei tarvitse huitoa."

Marja siveli ainetta otsalle, niskaan ja käsiinsä ja kas kummaa, ötökät kaikkosivat.

Marja rohkaisi itsensä ja kysyi reippaasti: "Voisinko minäkin oppia tuollaisia taitoja, Voisiko minustakin tulla noita?"

"Vai noidaksi haluat!" Tuumi Elsa ja hymyili.

"Joo, oikein sellaiseksi taitavaksi taikojaksi, joka heiluttelee taikasauvaa ja saa kaiken muuttumaan hyväksi."

"Onhan se mahdollista, mutta ei muuttuminen käy ihan käden käänteessä. Jos todella haluat, voin vähän opastaa sinua, mutta ensin sinun täytyy ajatella ja

kypsytellä ajatusta tosissasi. Taikomaan
oppiminen ei olekaan ihan tuosta vaan
opittavissa. Ensin täytyy ihmisen
ymmärtää itseään ja jos alkaa sekaantua
muiden asioihin, joutuu myös kantamaan
vastuun heistä."
    "Mitä minun nyt sitten pitää tehdä?"
innostui Maria.
    "Kuten sanoin, ajattele asiaa ja mieti mitä
äsken sanoin ja jos vielä kuukauden
päästä haluat samaa tule mökilleni niin
voin sinua vähän opastaa."
    "Oi kiitos paljon."
Sitten he erkanivat ja menivät poimimaan
omia mättäitään.

7. luku

Elokuu oli puolivälissä, kun Marja meni taas tapaamaan Elsaa.

"Äidin tipat ovat lopuillaan. Niistä on ollut kovasti apua ja äiti on paljon virkeämpi. Ei hän kyllä ihan kokonaan ole parantunut." .

"Kuten sanoin, evät nämä minun rohtoni kaikkeen pysty, mutta on ilo kuulla, että ne ovat helpottaneet hänen oloaan. Nyt voin antaa sinulle toisenlaista lääkettä lisäksi. Keitä näitä yrttejä vedessä kattilassa ja äitisi on hyvä hengittää niistä nousevia höyryjä. Ne helpottavat hengitystä."

Marja kyseli tarkkaan annostukset ja valmistustavat. Sitten hän rohkasitui puhumaan omista asioistaan.

"Olen miettinyt sitä noitajuttua ja vieläkin haluan sitä. Kuinkas se käytännössä tapahtuu ja mitä minun pitää tehdä mistä sen taikasauvan saa."

"Rauhoituhan nyt tyttöseni. Ensin sinun täytyy tutustua itseesi, sitten vasta voit ymmärtää muita.

Tässä sinulle tekemistä: Etsi itsellesi rauhallinen paikka ja sitten olet vain hiljaa paikallasi ja keskityt tarkkailemaan hengitystäsi. Tarkkaile, mitä tuntemuksia kehostasi löytyy. Samoin tarkkailet millaisia ajatuksia mieleesi nousee, mutta älä takerru niihin. Annat kaiken vain mennä hengityksen myötä. Tee tätä harjoitusta päivittäin mielellään aamuin illoin. Ensin aika voi olla lyhyt, mutta myöhemmin voit sitä pidentää. Noin kaksikymmentä minuutta on hyvä määrä.”

”Onpas kummaa. Ollaan vaan ja eikä tehdä mitään, Siinähän pitkästyy kokonaan.”

”Niinhän sitä äkikseltään luulisi, mutta tulet myöhemmin huomaamaan, että ei se niin tylsää olekaan.”

”Mutta entäs se taikasauva?” Saakos niitä tilattua jostain noitatarvikekaupasta?”

”Ei toki sentään,” naurahti Elsa ja meni kaapilleen.

”Tässä on sinulle alku taikasauvaan.”

”Mutta sehän on vain siemen. Näyttää ihan tavalliselta vaahteran siemeneltä.” Ihmetteli Marja.

”Niinkuin sanoin, muutos ei tapahdu ihan tuosta vain. Haluatko vielä jatkaa?”

”Joo, kyllä mä teen ihan kaikki mitä pitääkin. Kiitos vaan kovasti.”

”Nyt sinun pitää etsiä siemenelle hyvä suojainen kasvupaikka. Katsele paikkoja tarkasti ja istuta siemen ensi kuussa.”

”Eikös kylvöhommat tavallisesti tehdä keväällä?”

"Kyllä luonto huolehtii syksylläkin pudonneista siemenistä, älä ole huolissasi, mutta katsele paikkoja kaikessa rauhassa."

Elsa tarjoili taas ihmeellistä teetään ja Marjalla oli rento rauhallinen olo, kun hän saapui kotiinsa.

8.luku

Kesä oli taittumassa syksyksi. Marja oli ahertanut talon töissä koko kesän.

Juuso oli ollut koko loppukesän talossa, vaikka sai aivan mitätöntä korvausta. Joskus hän kertoi Marjalle, että aikoi muuttaa kaupunkiin. Siellä pääsisi helposti vaikka tehtaaseen töihin ja siellä on iltakoulu, missä hän voisi jatkaa opiskelua. Marja sanoi, että se on hyvä ajatus, vaikka hänestä tuntui, kuin sydän olisi pysähtynyt. Kenen kanssa hän sitten juttelisi.

Nyt Marja oli kuitenkin menossa Elsan luo. Hän oli tehnyt ahkerasti harjoituksiaan ja oli iloinen, vaikka äidin ja isän asiat eivät olleetkaan oikealla tolalla.

"Hauska tavata sinua taas. Näytätpä energiseltä ja reippaalta. Miten kuukausi on sujunut."

"Onpa ollut tosi kiva kuukausi. Ensin oli kyllä vähän vaikeaa, kun opettelin seuraamaan hengitystä. Tuntui ihan tyhmältä ruveta vahtimaan ilmavirtauksia, mutta sitten se olikin hyvin mielenkiintoista ja mielenkiinto senkun vaan lisääntyi päivä

päivältä. Ja nyt osaan jo erottaa elimistöstäni kaikenlaisia toimintoja. Hengitys vaan kulkee omia aikojaan ja sydän lyö siinä sivussa omia lyöntejään ja veri virtaa suonissa ja suolisto heiluu omaan tahtiinsa.
Tuntuu, että nahkojeni sisällä on valtavan monimutkainen kone.
Miten se osaa toimia ihan itsestään?"

"Ihmiskeho on hyvin monimutkainen ja se on oppinut toimintansa pitkän ajan kuluessa.
Kaikenlainen elämän ylläpitävä toiminta on elämän energian vaikutusta. On olemassa energia, joka muuntaa materian, joka toimii sen mukaan millainen energia on."

"Tuo kyllä kuulostaa vaikealta ymmärtää."

"Niinhän se on. Ihmisen mieli on rajallinen ja eihän kaikkea tarvitsekaan ymmärtää. Voit antaa elimistäsi toimia rauhassa omaan tahtiinsa. Kuitenkin sinun kannattaa aina välillä tarkkailla elimistösi tilaa ja ja kuunnella onko sillä kerrottavaa sinulle.
Monet vaivat ja sairaudet syntyvät, kun "koneistoa" rasitetaan liikaa tai sinne syötetään väärän laista polttoainetta tai ei anneta tarpeeksi ravintoa."

"Niin jos vaikka autoon tankataan öljyä bensan tilalle, huonosti käy. Tarkoitatko, että ruokatapojani pitäisi jotenkin muuttaa?"

"Voit tarkkailla, mitä kehosi milloinkin tarvitsee. Yleensä kovin rasvainen ja punaista lihaa sisältävä ravinto tekee koko ihmisen olemisen raskassoutuiseksi. Lisäksi kehosi tarvitsee happea ja sopivaa liikuntaa, näin se pysyy vetreänä ja palvelee sinua paremmin."

"Nyt voisimme ajatella tuntoaistia. Sinua peittää laaja tuntoaistein varustettu nahka joka puolelta. Samoin sisäpuolellasi on myös limakalvon peittämä nahka. Tuntoaisti välittää sinulle tietoa ympäristöstäsi. Tunnet kylmän, kuuman ja liikkeen. Jos vaikka muurahainen kävelee niskassasi, välittää ihosi sinulle tiedon sen askelista."

"Niin ja jos amppari pistää siitä sitä tietoa vasta tuleekin".

"Ampparin pistossa tulee tietoa lisäksi vähän syvemmistäkin kerroksista, mutta nyt annan sinulle seuraavan kuukauden harjoitteen:

Ensin olet vain ja hengität kolme kertaa syvään sisään ja ulos, sitten keskityt ihoosi. Käyt läpi kaikki kehosi osat ensin jalat sitten kädet, selkäpuoli, vatsapuoli, kaula, kasvot ja päänahka.

Sen jälkeen vain olet ja kuuntelet itseäsi, jonka jälkeen käsilläsi "harjaat" kehosi joka puolelta ja ravistelet itsesi liikkeelle. "

"Kuulostaa vähän monimutkaiselta. Miten sitä pystyy käymään joka kohtaa tutkimassa?"

"Kokemus lisää tietoa ja kuten sanotaan: Työ tekijäänsä neuvoo. Kun vai aloitat homman, alkaa se ohjata itse itseään. Ja muistathan, että minä olen "noita" ja siispä olen aina harjoituksiisi antanut mukaasi energiapaketin, joka auttaa sinua."

"Ai niin olin ihan unohtanut."

"Opettaja on aina vastuussa oppilaistaan. Hän luovuttaa sitä energiaa, mitä hänellä itsellään on. Opettajia on myös kaiken tasoisia kuten oppilaitakin." Miten taikasauvasi siemen voi?"

"Istutin sen metsään. Siellä oli juuri kaatunut puuvanhus, joten tilaa on nyt hyvin. Lisäksi paikalla on isoja kivenjärkäleitä ja pari katajaa. Kukaan ei ainakaan kovin helposti ala sinne peltoa raivaamaan. Mitä sille vielä pitäisi tehdä tehdä?"

"Anna luonnon hoitaa puutasi. Metsä on nyt menossa talviunille. Halutessasi voit laittaa siemenesi suojaksi risukehikon, etteivät metsän eläimet sitä vahingossa syö. Muuten annat sen rauhassa levätä ja kerätä voimia seuraavaa kevättä varten.

Sama pätee ihmisiinkin. Välillä on lepovaihe: Silloin on hyvä olla vaan, eikä pakottaa itseään toimimaan. Nykyajan työelämä sotii tätä tarvetta vastaan siten, että aina pitää olla huippuvireessä ja tehdä hommia sataprosenttisesti ja mielellään vähän yli. Tästä onkin sitten seurauksena sairastuminen ja näin pakkolepo, sillä jos elimistöä rasitetaan liikaa, ottaa se takaisin."

"Ihan niinkuin moottorikin. Jos autoa rääkätään liikaa eikä huolleta niin rikkihän se menee."

"Sama pätee joka tasolla. Kohtuus kaikessa. Tuletko taas kuukauden kuluttua. "

"Kyllä vain ja nyt tuntemuksia keräämään!"

9. luku

Elokuu oli lopuillaan. Viljaa korjattiin. Peltoa koristaneet kuhilaat purettiin ja vietiin riihelle puitaviksi. Juusokin oli vielä töissä, mutta hän oli kertonut lähtevänsä kaupunkiin. Hän oli saanut työpaikan radiotehtaalta. Palkka ei ollut suuren suuri, mutta hänellä oli asunto sukulaistädin luona, jonne ei tarvinnut maksaa vuokraa, kunhan teki talonmiehen hommat. Lisäksi hän oli ilmoittautunut iltakouluun, jotta saisi keskikoulun suoritetuksi loppuun. Nyt hän oli viimeistä viikkoa talossa töissä.
   Marja ajatteli haikeana Juuson lähtöä. Heillä olivat jutut menneet hyvin yhteen. Eivät he sen pidemmälle olleet päässeet.

   Marja oli juuri lopetellut meditaatioharjoituksensa ja mennyt juomaan vettä keittiöön, kun Kalle saapui kotiin ryyppyreissultaan. Hän oli huonolla tuulella ja etsi vaimoaan, mutta Elina ei ollutkaan paikalla. Marja ei ollut ehtinyt väistyä syrjemmälle ja niin isä lähestyi tytärtään kaappasi hänet syleilyynsä ja alkoi puristella hänen rinnan alkujaan. Marja tunsi hänen kiihtyvän hengityksensä. Kasvoillaan ja haistoi tympeän viinan hajun. Hän yritti rimpuilla irti. Silloin äiti ilmestyi ovelle.

” Minulle voit tehdä mitä vain, mutta irti Marjasta ja heti!” hän huusi. Marja ei ollut koskaan kuullut äitiään sellaisena kuin hän silloin oli. Isäkin kavahti ja päästi tytön irti. Marja säntäsi huoneeseensa. ”Mitä tämä oikein on? ” hän ajatteli. Kummalliset tuntemukset täyttivät hänen mielensä ja hänestä tuntui jotenkin likaiselta. Myöhemmin hän kuuli taas tuttua mäiskettä ja valitusta vanhempiensa puolelta.

Myöhemmin äiti kehotti Marjaa pitämään öisin ovensa lukittuna.

Seuraavana iltapäivänä Marja lähti tapaamaan Elsaa. Hänestä tuntui, että Elsa ymmärsi häntä ja niin hän kertoi eilisestä tapahtumasta. Elsa kuunteli tarkkaavaisesti ja sanoi. ”Kaikenlaista elämä tuo tullessaan. Nyt sinun täytyy todella olla varovainen. Olet nyt siinä iässä, että aikuisuus on väistämättä edessäsi. Monet ihmiset eivät ole koskaan saavuttaneet täyttä aikuisuutta, ja niinpä he eivät ota vastuutta tekemisistään. Isäsi antaa itselleen luvan olla himojensa vietävänä. Hän laittaa syyn viinaan, mutta se ei ole pohjimmainen syy. Ei kukaan humalapäissäänkään tee tekoja, joita ei pohjimmaltaan antaisi tapahtua. Hän ei ole päässyt kasvamaan vastuulliseksi aikuiseksi. Jokainen kantaa mukanaan historiaansa, ja tämä historia viitoittaa tietä eteenpäin. Nyt sinä voit ottaa tämän opiksesi ja antaa hänelle anteeksi.”

”Miten tuollaista käytöstä voi anteeksi antaa, en minä ainakaan. Tunnen olevani kamalan vihainen ja enkä halua olla missään tekemisissä hänen kanssaan. Muutan vaikka pois kotoa.”

”Se tietenkin olisi yksi ratkaisu, mutta pakenemalla et saa käsiteltyä asiaa. Kohtaamalla isäsi päivittäin saat laimennettua tuntemuksesi ja samalla saat etäisyyttä asiaan ja lopulta voit antaa isällesi anteeksi. Anteeksi antaminen ei ole asian hyväksymistä, vaan ymmärrät mistä sellainen käytös johtui.

Nyt annankin sinulle seuraavanlaisen harjoitteen. Menet rauhalliseen paikkaan, missä tiedät, ettei kukaan pääse sinua häiritsemään ja siunaat itsesi Ensin keskityt vain hengitykseesi . Vähän ajan päästä kohdistat mielesi kulmakarvojen väliin. Sitten vain hengittelet ja tunnustelet, millaisia tunteita sinussa herää ja millaisia liikkeitä ja ääniä haluat tuottaa. Voit puristella käsiäsi nyrkkiin , murista , huutaa tai mitä kulloinenkin tilanne tuottaa. Kun kaikki liikkeet ja äänet loppuvat, siunaat itsesi, olet vielä hetken hiljaa ja palaat arkeesi."

"Tuntuu aika vaikealta. Meillä kyllä kuuluvat kaikki äänet läpi talon. Pitää varmaakin mennä riihelle harjoittelemaan."

"Tämä harjoite herkistää sinua, ja voi olla, että tunnet ajoittain olosi ahdistuneeksi. Silloin pysähdyt ja ajattelet tähtitaivasta. Se on turvapaikkasi tämän harjoittelun aikana. Herkistyminen on asia, joka rikastuttaa elämääsi, mutta samalla se saattaa vääristää mittasuhteita. Kärpäsistä tulee härkäsiä, kuten sanotaan, mutta sitkeällä harjoittelulla pääset tuloksiin.

10. luku

Kellastuneet lehdet putoilivat puista. Marja käveli koulureppu selässään kotia kohti. Hänestä tuntui jotenkin kummalliselta. Oli kuin aika olisi pysähtynyt ja kaikki energia kadonnut. Marja hidasti kulkuaan. Pysähtyi ja katseli pudonneita lehtiä.

"Ne ovat nyt tehtävänsä tehneet ja muuttuvat mullaksi:" Hän ajatteli, mutta ahdistava tunne ei kadonnut.

Pihamaa näytti autiolta. Oli kuin näkymätön verho peittäisi tienoon.

Sitten Juuso ilmestyi paikalle ja alkoi kertoa, kuinka aamupäivällä isäntä oli ollut tosi pahalla päällä. Hän oli paiskonut tavaroita ja huutanut palkollisille. Emäntä oli yrittänyt toppuutella, mutta isäntä oli tönäissyt hänet syrjään. Sitten ykskaks isäntä oli tullut aivan tummanpunaiseksi ja kaatunut maahan. Kaikki olivat huomanneet, että nyt oli paha merrassa. Miehessä ei näkynyt mitään elon merkkejä. Emäntä meni soittamaan ambulanssia ja lääkäriä. Toiset käänsivät isäntää parempaan asentoon, mutta hän oli velttona , eikä hengittänyt.

Viimein ambulanssi tuli ja lääkäri sen mukana. Hän tutki potilaan. Yritti vielä elvyttääkin, mutta totesi lopulta, että isännän elämä oli päättynyt.

Ruumis nostettiin autoon ja emäntä lähti mukaan. Lähtiessään hän sanoi, että työväki voisi pitää loppupäivän vapaata. ”Jäin tänne odottamaan sinua.”

Marja hätkähti. Tumma tunnevyöry kulki hänen ylitseen ja silmät täyttyivät kyynelistä.

Juuso laittoi käden hänen hartioilleen ja sanoi osanottonsa. Marja vain nyyhkytti kovemmin, Kuitenkin hänestä Juuson kosketus tuntui ihanalta ja lohduttavalta ja hän soperteli kiitoksensa.

Seuraavana aamuna satoi taivaan täydeltä. Marja jäi kotiin ja katseli ikkunasta, kun vieraita ihmisiä alkoi ilmestyä ovelle kukkien kanssa esittämään surunvalitteluja. Puhuttiin kuinka mukava mies Kalle oli ollut ja kuinka auttanut naapureitaankin. Marjasta tuntui oudolta.

Hautajaiset pidettiin kahden viikon päästä. Kappeli oli täpötäynnä. Sitten Kalle laskettiin kirkkomaahan. Veisatiin virsiä ja pappi siunasi vainajan haudan lepoon odottamaan ylösnousemusta.

Marja heitti valkean ruusun arkulle. Siten hauta lapioitiin umpeen ja kukkakoristeet laskettiin haudalle.

Seurakuntasalissa oli tarjolla lihasoppaa ja jälkiruuaksi täytekakkua kahvin kanssa. Puheissa kehuttiin vainajaa, mutta samalla vaivihkaa katseltiin leskeä ja Marjaa. Supistiin. Lopulta naapurin Heikki kysyi, että kuinkas naisväki aikoo tilanpitoa jatkaa. Kysymykseen ei vastausta saatu.

11. luku

Syksy kului verkkaisesti. Elina oli vaitonainen ja Marjasta hän näytti tulleen vielä hauraammaksi kuin ennen.

Marja kävi Elsan luona juttelemassa tapahtuneista.

"Tälläistä tämä elämä on. Aikansa täällä jokainen vaeltaa, eikä ennakolta tiedä mitä tuleman pitää. Muista että jokainen hetki on tärkeä. Sinäkin voit käyttää tämän tilanteen itsesi hyväksi. Ajattele, mitä tämä tapahtuma nostaa pintaan."

"Minusta tuntuu, että olen jotenkin syyllinen, kun monta kertaa ajattelin, että olisi paljon helpompaa, jos isää ei olisi ollenkaan. Nyt kuitenkin tuntuu, että olisi parempi kun hän olisi elossa."

"Tälle asialle et nyt kuitenkaan voinut mitään ja turha sinun on itseäsi syyttää. Kallella oli myös vapaa tahto päättää valinnoistaan ja hän oli itse niistä vastuussa. Jokaisen elämä on omanlaisensa, eivätkä toiset voi tietää, mistä mikin valinta johtuu. Menneet tapahtumat muovaavat tulevia. Ne ovat kuin teitä, joita pitkin kuljetaan. Kun on mennyt yhtä tietä tarpeeksi pitkälle on vaikeaa muuttaa suuntaa."

”Nyt se isän serkku Eino on muuttanut meille
peräkamariin. On kuulema helpompi hoidella asioita. Ennen se asui kotonaan, mutta nyt se on niinkuin isäntä konsanaan ja onhan se talon asioita ennenkin hoitanut paljon enemmän kuin isä. Vaarin kuoltua se on ollut isän apulaisena ja tietää talon hoidosta paljon enemmän kuin Kalle. Eino on käynyt jonkin maamieskoulun kirjekurssinkin. Mummi tykkäsi , että Einosta olisi tullut paljon parempi isäntä kuin Kallesta. Mummin kuoleman jälkeen Eino on käynyt talossa melkein joka päivä”

” Mitä äitisi on sanonut tuohon?”

”Ei äiti oikein nykyään sano mitään . On vain ja näyttää kuihtuvan kokonaan. Onko sinulla mitään vahvistavaa hänelle?”

”Kyllähän täältä löytyy, mutta nämä rohdot ovat aika vahvoja. Minusta hänen kannattaisi käydä oikein lääkärin pakeilla.”

” Olen sanonut hänelle monta kertaa, mutta ei hän enää välitä itsestään.”

”Ehkä on parasta, että lähden mukaasi katsomaan häntä.”

Niin he lähtivät yhdessä mäen yli talolle.

Elina torkkui keinutuolissa ja yritti näyttää pirteältä, kun näki Elsan. Elsa Katseli häntä läpitunkevilla silmillään ja alkoi hiljalleen hieroa hänen käsiään. Sitten he siirtyivät makuuhuoneen puolelle, jossa käsittely jatkui.

Hieronnan jälkeen Elina näytti paljon virkeämmältä. Manta keitti kahvit ja niitä juotaessa Elsa kyseli Elinan suunnitelmia lääkärin suhteen.

Elina yritti väistellä, mutta lopulta kertoi, kuinka lääkäri olisi viime käynnillä passittanut hänet sairaalaan, mutta hän kieltäytyi. Hänen olisi pitänyt käydä vastaanotolla jo kauan sitten, mutta ei ollut saanut aikaiseksi.

Elsa sai hänet kuitenkin vakuuttuneeksi, että lääkärissä olisi hyvä käydä.

Marja kiitteli Elsaa ja haki munia kanalasta Elsalle kotiin vietäviksi.

12. luku

Marja oli yksin kotona. Äiti oli Mantan
kanssa lähtenyt aamulla kaupunkiin.
Sanoivat, että voi mennä pitkäänkin. Marja
oli tullut koulusta vähän aikaisemmin.
   Oli marraskuu ja pieniä lumihiutaleita
satoi taivaalta. Paljon oli tapahtunut
syksyn aikana. Einosta oli nyt tullut tärkeä
henkilö. Hän vastasi nyt talon hoidosta.
Ensimmäiseksi hän oli tilannut
Karjakunnan auton ja sinne oli viety puolet
karjasta. Elina oli ensin vastustellut, mutta
Eino selitti etteivät he voineet pitää niin
paljon lypsäviä, kun työväkeäkin oli
tarkoitus vähentää. Naapurin Leena ei
enää tulisi auttamaan navetassa, eikä
hänen veljelleen Reinollekaan ollut töitä.
Lopulta Elina oli antanut periksi.
   Väkeä vähennettiin ja Eino perusteli
asiaa palkkakustannuksilla. Taloon jäi
talveksi vain Manta, joka hoiti ruuanlaiton
ja siivoukset, kävi aamu- ja iltalypsyllä
lypsyllä. Ei hänellekään paljoa maksettu,
mutta hän oli vähään tyytyväinen, kunhan
ei tarvinnut lähteä.
   Juuso oli syksyllä muuttanut kaupunkiin.
Hän oli mennyt kaupungissa sijaitsevaan
radiotehtaaseen töihin. Illat hän vietti

iltakoulussa suorittamassa keskikoulua loppuun. Hän säästi rahojaan ja lähetti kotiinsa osan palkastaan.

Marja odotti naisväkeä saapuvaksi. Silloin soi puhelin. Langan päässä oli Manta. Hätäisesti hän kertoi, kuinka he olivat tulleet kaupunkiin. Elina oli ensin halunnut mennä asianajotoimistoon tapaamaan jotain tuomaria. Manta oli istunut odotushuoneessa pitkän aikaa. Sitten lähdettiin kohti sairaalaa. Elina oli saanut kovan yskänpuuskan ja köhinyt nenäliinaan, joka oli muuttunut punaiseksi. Elina oli yrittänyt piilotella sitä. Silloin Manta oli ottanut häntä käsipuolesta ja taluttanut loppumatkan. Sairaalassa Elinasta oli otettu paljon verikokeita. He olivat odottaneet tuloksia, mutta silloin vakava näköinen lääkäri oli tullut sanomaan heille, että Elinan olisi nyt jäätävä sisään sairaalaan. Elina oli ollut vielä lähdössä kotiin, mutta ei hän jaksanut enää vastustella ja nyt emäntä on sairaalassa ja hän itse on tulossa kotiin.

Marja ei ollut yllättynyt. Olihan hän löytänyt verisiä nenäliinoja äitinsä tyynyn alta, jonne Elina niitä piilotteli.

Marja lähti tapaamaan Elsaa. Elsa kuunteli Marjan kertomuksen ja tuumasi: ”

Jokaisella on aikansa ja tehtävänsä. Nyt äitisi kunto on mennyt niin huonoksi, ettei paljoa ole tehtävissä. Tässä annan sinulle kuitenkin tällaisia makeisia, jotka voit viedä äidillesi sairaalaan. Ne auttavat häntä toipumaan niin, että hän voi palata kotiin, sillä kotonaan hän haluaa elää ja kuolla."

Marja oli järkyttynyt. "Kuolisiko äitikin? Miten minun sitten käy? Kuka hoitaa taloa ja …" kysymysten tulva alkoi risteillä hänen päässään.

Sitten Elsa keitti teetä ja virkkoi: "Ei elämä tähän lopu. Kuinka harjoittelusi on sujunut."

"Kyllä mä niitä hengityksiä olen seuraillut ja yrittänyt olla paikallani. Välillä olen käynyt riehumassa riihessä. Kaikenlaisia liikkeitä ja ääniä olen päästellyt ilmoille, Niiden jälkeen on tuntunut paljon rauhallisemmalta. Sitten taas välillä kaikki vain pyörii mielessä. Isän muisto ei jätä rauhaan. Minusta tuntuu, että olinko minä syyllinen hänen suuttumiseensa ja välillä olen vain vihainen hänelle, kun meni sillai kuolemaan."

"Jokainen kantaa oman kuormansa ja on vastuussa teoistaan. Et sinä ole ollut vastuussa hänen tekemisistään. Lapset ottavat usein harteilleen heille kuulumattomia taakkoja.

"Nyt sinulla on edessäsi raskas jakso. Muista pitää huolta ravinnostasi ja hengityksestäsi. Kuten itsekin totesit, ei moottorista saa ottaa liikaa tehoja irti. Huolehdi äidistäsi voimavarojesi mukaan ja ota vastaan apu, jota tarjotaan. Tässä myös sinulle vahvistavaa ainetta. Laita tästä pullosta tippa aamukahviisi, niin saat vähän lisäenergiaa."

Sitten Elsa sulki Marjan syliinsä ja Marja tunsi kuinka vahva energia kulki hänen lävitseen ja vähän aikaa hänestä tuntui, ettei maailmassa ollut mitään huolia.

Seuraavana aamuna Marja kiipesi linja-autoon ja matkusti kaupunkiin. Hän suuntasi sairaalaan. Kysyi osastolta äitiään ja niin hänet opastettiin äidin vuoteen viereen. Elina oli syvässä unessa. Hänen kädessään oli neula, johon telineessä olevasta pussista letkua pitkin valui kirkasta nestettä. Marja ei ollut aiemmin käynyt sairaalassa ja hän katseli ihmeissään ympärilleen.

"Onkos tuo rouva sinun sukulaisesi?" Kysäisi viereisessä sängyssä makaava pulskan näköinen nainen.

”Hän on minun äitini. Onkos hän nukkunut jo kauankin?” Silloin Elina avasi silmänsä, kun kuuli tutun äänen. Hän katsoi Marjaa ja kyyneleet alkoivat vieriä hänen poskilleen.

”Ei tässä näin pitänyt käydä.” Elina sopersi. Marja taputti häntä käsivarrelle ja sanoi, ettei äidin tarvitse olla huolissaan. Sitten hän antoi vaivihkaa Elsalta saamansa makeiset äitinsä käteen varoen, ettei naapurisängyssä oleva rouva nähnyt.

”Elsa lähetti terveisiä ja toivotteli hyviä vointeja. Näiden karkkien pitäisi auttaa.”

Marja istui vielä jonkin aikaa vaitonaisena pidellen äitinsä kättä. Sitten vierailuaika oli lopussa.

13. luku

Talvi eteni verkalleen. Lunta satoi paksut kinokset. Eino oli alkanut tuskastua auraushommiin hevospelillä. Hän oli muutaman kerran aamiaispöydässä ottanut puheeksi traktorin hankkimisen. Sellainen pelihän alkaa olla jo joka talossa.

Marja ei ottanut asiaan kantaa, mutta Manta oli tiukasti moista hankintaa vastaan.

Elina oli sairaalassa pitkälle tammikuuhun. Marja oli vieraillut hänen luonaan useasti ja kerran hän huomasi, että Elina oli saanut komean kukkakimpun. Elina selitti Marjalle, että Eino oli tuonut kukat ja kosinut häntä, mutta ei hän halua enää miestä ristikseen ottaa. "Epäilyttää, millaiset aikomukset miehellä lie mielessään. Luultavasti hän havittelee taloa itselleen. Ole sinäkin tarkkana. Muista pitää kamarisi ovi lukittuna."

Elina alkoi olla virkeämmässä kunnossa ja niin hän pääsi takaisin kotiinsa. Olivatko sairaalan lääkkeet vai Elsan rohdot auttaneet, mutta lääkäreiden ihmeeksi vointi oli parantunut.

Marja oli viimeisellä kansakoulun jatkoluokalla. Kesäkuussa olisi edessä rippikoulu ja sitä varten hänen piti käydä kirkossa kymmenen kertaa ja pyytää sakastista puumerkki keräyskorttiin.

Maria ihmetteli, miksi tavallisina sunnuntaina pappien puheet olivat jotenkin tyhjänpäiväisiä, eivät ollenkaan yhtä mietittyjä kuin suurina juhlapäivinä. ”Eivät varmaan ole ollenkaan valmistelleet niitä, kun ei kuulijoitakaan ollut kuin kourallinen. Kirkonpenkissä istui muutama vanha mummo huivit päässään, rippikouluun menijät ja avioliittoon aikovat kuulutuksiaan kuuntelemassa.

Tuula oli myös menossa rippikouluun ja niin tytöt kulkivat yhdessä kirkolle.

”Miten teillä kotona menee?” Tuula kysäisi.

”Meillä on aika hiljaista, mitä nyt äiti yskii. Nyt kun ei ole isäkään enää karjumassa. Manta on hissuksiin eikä se Einokaan paljoa puhele. Taisi ottaa nokkiinsa kun ei sille traktoria luvattu. Muita meillä näin talviaikaan olekaan.”

”Meillä kanssa aikuiset on aika hiljaista. Äiti ei paljoa puhele ja mummo on jo aika höppänä. Välillä se yrittää karata ja sitä pitää ihan vahtia. Viime viikollakin se yhtenä yönä oli pakannut evästä kassiin ja lähtenyt ulos sisävaatteissaan. Onneksi isä heräsi oven kolaukseen.Ties miten olisi muuten käynyt. Nyt meillä pidetään ovet tiukasti lukittuina öiseen aikaan.

Välillä mummo ei meitä oikein tunnekaan. Minua se kutsuu Siiriksi. Siiri on isän sisko. Mummo elää menneitä aikoja ja on välillä kauhean vihainen ja välillä itkeskelee.

Lääkäri ei osannut sanoa, mitä pitäisi tehdä. Totesi vain, että sellaista se vanhuus on.

Toivottavast mä en tule samanlaiseksi.

Siskosta ja veljestä kyllä ääntä lähtee, mutta nehän on sellaisia kakaroita, etten niiden jutuista välitä.”

”Oletko kuullut Juusosta mitään? Sanoi syksyllä päässeensä tehtaaseen töihin ja menevänsä iltakouluun lopettelemaan keskikoulua.” Kysäisi Marja.

”En tiedä mitään sen touhuista. Sen äiti on kuitenkin aika huonossa kunnossa. Yskii ja kulkee kumarassa. Näin sen yhtenä päivänä kaupassa. Taitaa sillä olla selkäkin hirveen kipeenä. Kauppias kyseli vointeja ja yritti udella Juusostakin, muttei saanut vastausta, kun kauhea yskänpuuska iski päälle.”

"Mä olen käynyt Elsalta hakemassa vähän troppeja äidille. Ne vois auttaa Juuson äitiäkin. Sen kannattais käydä kysymässä."

"Nyt on kyllä lunta niin paksusti, ettei sen mökille mitenkään pääse, ellei halua lähteä umpihankeen hiihtämään ja ei sinne kuka vaan uskalla mennäkään."

"Niinpä niin," tuumi Marja.

Toukokuu oli lopuillaan. Kohta Marjan koulu päättyisi. He menisivät Tuulan kanssa rippikouluun. Tytöt keskustelivat tulevaisuudensuunnitelmistaan.

"Mä olen ajatellu mennä kansanopistoon. Siellä on hyviä kursseja. Voisin opetella kankaiden kutomista ja muuta sellasta. Taidoista vois olla hyötyä tulevaisuudessa," kertoi Tuula.

"Mun varmaanki pitää jäädä ainaki ens talveksi kotiin , kun äiti on niin huonona, vaikka nyt se vaikuttaaki aika pirteältä. Olen saanut Elsalta vähän yrttien siemeniä ja aion kylvää niitä puutarhaan. Niistä saa sitte mausteita ja aineksia kaikenmoisiin rohtoihin."

"Miten sä uskallat käydä siellä?"

"Ensin en meinannutkaan, mutta sit kun olin kerran käyny, niin ei mua enää pelottanu ollenkaan. Ei ne hurjat jutut, mitä kerrotaan ole ollenkaan totta. Kerran mä kysyin siltä sen miehestä ja Elsa kertoi, että Aatu oli kuollu ihan luonnollisesti sydänkohtaukseen, mutta kun ihmiset alkaa juoruta, niin ei niitä mikään pysäytä. Parempi olla vaan hiljaa ja odottaa, että aika tekee tehtävänsä.”

”Ensi viikolla sitte saadaan todistukset. Millaisia numeroita odotat?

”Kyllä mä aika hyvää paperia odotan. Laskennon numero taitaa tippua, kun viimeiset kokeet meni vähän penkin alle.”

”Niin meni multakin. Onneksi sinne kansanopistoon on aika helppo päästä.”

Koulu loppui ja tytöt jatkoivat rippikoulussa. Luettiin katekismusta ja raamattua. Ulkoa piti päntätä rukoukset ja käskyjen selitykset. Kanttorin johdolla veisattiin virsiä ja rovasti yritti saada oppilaat synnintuntoon. Hän varoitteli huonosta seurasta ja viinan kiroista.

Juhannuksena oli konfirmaatiotilaisuus. Nuorisolle jaettiin ensimmäinen ehtoollinen. Tytöt olivat valkoisissa puvuissaan ja pojat oli puettu tummiin. Elina oli myös saapunut tilaisuuteen ja katseli kyyneleet silmissään lapsensa aikuistumista.

Kesä kului talossa kuten ennenkin. Nyt Marjalla oli oma yrttipenkki kasvimaalla ja hänestä tuntui ihanalta hoidella omia kasvattejaan. Täytyi hänen tietenkin pitää huolta myös äidin kasvimaasta, mutta oma viljelmä tuntui antavan hänelle aivan uudenlaista energiaa.

Juuso oli tullut myös lomansa aikana heinätöihin. Marjan sydän hypähti kurkkuun, kun hän näki tämän, mutta Hulkkosen Jaana oli lyöttäytynyt tiiviisti Juuson viereen eikä Marja tohtinut mennä juttusille vaikka näki selvästi, että Juusokin olisi halunnut jutella.

Seuraavana päivänä Marja löysi tilaisuuden kahvia tuodessaan ja niin he vaihtoivat kuulumisiaan. Juuso oli saanut keskikoulun loppuun ja nyt hän aikoi jatkaa lukiota. Hän oli tehtaassa saanut työharjoittelua teknillistä opistoa varten. Tehtaalla oli paljon nuorisoa harjoittelijoina, sillä opistoon pyrkivillä piti olla työharjoittelu tehtynä ennen kuin voisi päästä opiskelemaan. Tehtaalla oltiin tietenkin hyvillään, sillä näin saatiin ahkeraa henkilökuntaa pienillä kuluilla töihin.

Marja kertoi omista suunnitelmistaan. Juuso ihmetteli, että kuinka hän viihtyisi täällä maalla pitkän talven, kun ei täällä ole oikein mitään. Marjan sydämessä vihlaisi. Kyllä hänkin haluaisi lähteä kaupunkiin, mutta nyt häntä tarvitaan täällä ehkä sitten tulevaisuudessa.

14. luku

Illat pimenivät ja vettä satoi jatkuvasti.
Elina huokaili ja valitti hiljaa. Lopulta hän
antoi periksi ja meni kaupunkiin lääkäriin
ja sille tielleen hän jäikin. Hänet otettiin
sairaalaan sisälle ja tutkimuksissa
löydettiin hänen keuhkoistaan
syöpäsoluja, joten hänelle alettiin antaa
sytostaatteja.
Marja tuli hyvin huolestuneeksi, kun hän
näki kuinka äidiltä tukka lähti ja hän oli
huonovointinen ja kalpea.
Marja aikoi ilahduttaa äitiään ja alkoi
virkata hänelle joululahjaksi pitsikuvioista
hartiahuivia. Välillä muutama kyynel tipahti
hänen silmistään virkkauksen joukkoon.
Jouluksi Elina pääsi sairaalasta lomalle.
Eino haki metsästä komean kuusen ja
Marja ja Manta koristelivat sen
omatekoisilla koristeilla.
Oli olkitähtiä, pronssivärissä kasteltuja
hernenauhoja, paljon kynttilöitä ja latvassa
komeili kaupasta ostettu tähti.
Elina oli hyvin otettu järjestelyistä.
Syötiin joulupuurot, lanttulaatikot ja
kinkut.
Illemmalla jaettiin lahjat kuusen alta.
Elina oli mielissään hartiahuivista. Einolta

kaikki naiset saivat läpikuultavat pitsisomisteiset yöpaidat. Marja hymyili väkinäisesti ja kiitti. Marja oli kutonut Einnolle paksut villasukat.

Tapaninpäivänä satoi lunta ja Eino kävi auraamassa tien Pollen kanssa.

Myöhemmin hän otti taas puheeksi traktorin ostamisen. Nyt Elinakin alkoi olla myötämielinen hankkeelle ja lupaili, että ehkä sellainen voitaisiin sitten keväämmällä hankkia.

"Olen katsellut, että tuolla takametsässä on hyvä koivikko. Voisin pyytää Schaumanin Kettusen arvioimaan sen. Siitä saisi hyvät rahat. Nyt hinnat ovat korkealla!"

"Että nyt hetikö meinaat ruveta kauppoihin?" kysäisi Elina.

"Nyt olisi hyvä hetki puiden myyntiin ja traktorin ostoon. Koneiden hinnat ovat näin talvella halvimmillaan." Innostui Eino ja ei siinä sitten mikään auttanut. Puukaupat lähtivät vireille heti joulun jälkeen.

Polle ja Riittu pääsivät metsätöihin jaTammikuun lopulla eräänä päivänä Eino ajoi pihaan harmaan Fergusonin. Hän oli ostanut samaan kauppaan lumiauran, äestimen, karhin, niitto- ja haravakoneen sekä muita tarvikkeita, kun ne oli saanut halvalla samaan kauppaan.

Eikä ylimääräistä rahaa sitten jäljelle jäänytkään.

15. luku

Elina oli sairaalassa huhtikuulle asti, mutta sitten hän pääsi palaamaan kotiin ja kas kummaa, hän näytti paljon virkeämmältä. Tukkakin oli alkanut kasvaa.

Marja toimitteli talon askareita. Neuloi ahkerasti ja suunnitteli kesän kasvimaataan. Hän oli käynyt Elsan luona, joka oli opastanut häntä yrttien kasvattamisessa. Edellisen kesän "koeviljelmä" oli innostanut häntä laajentamaan kasvimaataan.

Keväällä Tuula oli palannut kansanopistosta ja nyt tytöt neuloivat yhdessä puseroitaan Tuulan kotona. Tuulan puserossa oli keltaista ja punaista kun taas Marjalla oli mustaa ja harmaata.

"Miten sä jaksat olla ihastunut noin synkkiin väreihin?"

"MIelestäni nämä sopivat minulle parhaiten. Haluan olla jotenkin huomaamaton ja kun en tiedä, miten äidinkään käy. Se tauti on sellainen, ettei tulevaisuudesta ole takeita. Nyt hän näyttää oikein virkeältä, mutta...." Marja vaikeni.

”Lähdetäänkö seurantalolle tansseihin lauantaina. Siellä on silloin iltamat. Ensin nuorisoseuran porukka esittää näytelmän ja lopuksi on puolitoista tuntia tanssia.”

”En mä oikein tiedä. En olle vielä kertaakaan ollut tansseissa. En mä osaa yhtään.”

”Ei se ole ollenkaan vaikeeta. Kuuntelet vain musiikkia ja pojat ne vie, eikä nekään kunnolla osaa. Siinä vaan lampsitaan eteen ja välillä taakse päin ja joskus nurkassa pyörähdetään. Se on ihan helppoa. Olis sunkin hyvä lähteä välillä tuulettumaan.”

”Ehkä mä voisin lähteä katsomaan vaikka vaan sen näytelmän. Tanssimisesta en tiedä. Mitäs sinne pitäis laittaa päälle?”

”Ei siellä sen kummempia tarvi. Jokin mekko tai hame ja pusero ja villatakki on hyvä ottaa matkaan. Se talo on aika vetoinen paikka.

Siellä on väliajalla puhvetti, mistä voi ostaa simaa ja munkkeja. Myydään siellä myös makkaraa ja kotikaljaa.”

Niinpä lauantaina tytöt suuntasivat kulkunsa seurantalolle. Paikalle saapui runsas joukko kyläläisiä, olihan se tilaisuus tavata tuttuja ja kysellä kuulumiset ja kylän tapahtumat.

Marja huomasi, että häntä pidettiin silmällä ja supateltiin takana päin, mutta hän oli liian tohkeissaan välittääkseen ihmisten puheista.

Näytelmä kertoi maalaistalon tapahtumista. Talossa oli isäntä ja emäntä, tytär, piika ja renki sekä kulkumies. Niistä aineksista draama kehittyi.

Kuulijat naureskelivat ja kuiskailivat, jos joltakin unohtuivat vuorosanat, mutta kaikki taputtivat kovasti kappaleen loputtua.

Väliajalla tytöt kävivät ostamassa simaa ja munkkeja. Sokeri ratisi hampaissa ja olo tuntui kevyeltä. Niinpä Marjakin päätti jäädä katsomaan tanssia. "Kyllä täällä on ihan eri meininki kuin kotona." Hän tuumi.

"Joo, ja odotas kun tanssi alkaa!" Tuolit laitettiin seinustalle ja lattialle siroteltiin perunajauhoa. Tytöt siirtyivät toiselle ja pojat toiselle seinustalle. Sitten gramofoni alkoi soittaa haikeaa tangoa ja muutama rohkea koltiainen tuli hakemaan tanssiparia tyttöjen joukosta. Tuula sai heti tanssittajan ja Marja katseli tarkasti kuinka he liikkuivat lattialla. Sitten tuli toinen tango ja samat parit jatkoivat tanssiaan, jonka jälkeen tytöt palautettiin takaisin.

Välillä tuli reippaita polkkia ja jenkkoja, sitten taas hitaampia. Oli valssia ja Marjalle outojakin rytmejä.

Eräs Marjan rippikoulukaveri tuli häntä hakemaan. Marja alkoi selittää: "Mä en kyllä osaa yhtään.
Olen täällä ensimmäistä kertaa." "Tuu nyt vaan. Kävelet perässä. En mäkään mikään mestari ole."

Niin sitä sitten mentiin ja pikkuhiljaa Marja rentoutui ja ja pääsi juonesta kiinni.

Eino oli myös saapunut iltamiin ja tuli nyt kumartamaan Marjalle. Kieltäytyä hän ei voinut, mutta Marjasta tuntui inhottavalta, kun Einon käsi veti hänet tiukasti vartaloonsa kiinni. Eino oli käynyt nurkan takana miesporukan kanssa ottamassa vahviketta ja imelä pontikan haju leijui hänen ympärillään.

Marja huokaisi helpotuksesta, kun tanssi loppui ja hän päätti lähteä saman tien kotiin. Hän näki Tuulan juttelevan komean pojan kanssa, joten hän kyllä jouti poistumaan.

16. luku

Kesä kului nopeasti. Marja ahkeroi kasvimaallaan ja autteli sisällä askareissa. Nyt ei tarvittu heinätöihinkään lisäväkeä isommalti, kun traktori hoiteli raskaimmat työt. Eino näytti nauttivan olostaan ja tunsi itsensä aivan isännäksi.

Elina hoiti topakasti emännän virkaa, vaikka hänestä kyllä näki päälle päinkin, että kaikki ei ollut hyvällä mallilla.

Juuso oli tullut kotikylälle kesälomallaan. Hänen äitinsä oli joutunut sairaalaan ja nyt Juuso järjesteli kotitalonsa asioita. Äidille ei oltu luvattu pitkää elinaikaa ja niinpä Juuso oli ajatellut laittaa mökin vuokralle, kun hänkään ei siellä enää asustaisi.Marja oli menossa kauppaan,
silloin hän huomasi Juuson kaupan edessä. Marja tunsi sydämensä hypähtävän, kun hän kohtasi Juuson katseen.

Juuso kertoi töistään tehtaalla ja iltakoulustaan, kun Iita saapui iloisena paikalle. "Täällähän sinä olet" hän sanoi ja otti Juuson kädestä kiinni. "Kuulin , että Peltos Villen riihellä on tänään latotanssit.

Mennään sinne. Lähde Marja mukaan.
Sinne tulee varmaan paljon porukkaa.”
    Marjaa kylmäsi. ”Nuo taitavat
seurustella.” hän ajatteli, mutta yritti olla
iloinen ja selitti, että hänellä on aika paljon
tekemistä näin heinäaikaan, mutta ehkä
hän voisi käväistä katsomassa.

    Illalla nuorisoa alkoi saapua riihelle.
Nurkassa soi gramofoni ja Peltos Ville
hoiteli tärkeän näköisenä levyjen
vaihtamiset.
    Riihen hämärässä tanssittiin. Vaihdettiin
kuulumiset ja välillä käytiin pihamaalla
jäähyllä.
    Juuso tuli hakemaan Marjaa tanssiin.
Marjasta tuntui kuin sähköisku olisi
mennyt hänen lävitseen Juuson
kosketuksesta, mutta sitten hän muisti
Iitan ja näki tämän katselevan heitä.
    ”Oletteko jo pitkään olleet yhdessä?”
Marja kysäisi
    ”Ei me oikeestaan olla yhdessä
ollenkaan. Vähän ollaan juteltu ja kävelty.
Iita asuu naapurissa ja on auttanut mua
kovasti, kun yritän saada mökkiä
järjestykseen. Mä en oikein ymmärrä
noista naisväen tavaroista.” Selitteli Juuso
kankeasti.

"Kummallista tämä maailman meno,"
ajatteli Marja haikeana kulkiessaan yksin
kotiinsa..

17. luku

Syksy saapui ja Elina joutui taas sairaalaan. Hänelle ei enää voitu tarjota enää mitään parantavia hoitoja, niinpä hän palasi kotiin vaikka olisi voinut jäädä sairaalaankin. Hän halusi olla loppuaikansa kotonaan.

Marja valvoi monta yötä hänen vuoteensa vieressä. Kotona viikottain vieraileva lääkäri alkoi olla huolissaan Marjan jaksamisesta, mutta tämä väitti voivansa oikein hyvin ja olevansa kunnossa.

Marja oli käynyt Elsalta pyytämässä apua ja niin Elsa oli tullut käymään. Hän oli hieronut Elinaa hellästi ja antanut rohtoja, jotka helpottivat sairaan oloa. Marjalle hän antoi pienen pullon ja sanoi, että tätä voit antaa aivan viimeisenä vaihtoehtona, jos kivut käyvät sietämättömiksi.

Eräänä iltapäivänä Marja oli palaamassa kaupasta, kun Manta tuli häntä kiihtyneenä vastaan portaille. "Nyt emäntä taitaa kuolla. Se yskii kamalasti ja sylkee verta. Mä soitin lääkärille ja se lupas tulla heti. Kait se kohta ilmaantuu."

Marja kiirehti äitinsä luo. Sitten hän haki Elsalta saamansa pienen pullon ja antoi siitä Elinalle muutaman tipan. Yskiminen loppui ja hän katsoi Marjaa. "Nyt tuntuu hyvältä. Minun matkani taitaa olla lopussa. Muista pitää itsestäsi huolta ja kun tulet täysi-ikäiseksi käy kaupungissa asianajajan toimistossa. Manta tietää osoitteen.

Sitten hän ummisti silmänsä ja huokaisi viimeisen huokauksensa.

Tohtori saapui ja totesi Elinan kuolleeksi.

Kylän naiset tulivat auttamaan ja niin Elinalle saatiin järjestettyä kunnon hautajaiset. Virsiä veisattiin ja pappi piti lyhyen puheen. Sitten Elina laskettiin hautaan. Taas syötiin lihasoppaa ja juotiin kahvit päälle kuten tapana oli.

Einosta tehtiin Marjan huoltaja ja edunvalvoja. Olihan hän hyvin perillä talon asioista ja tunnettiin kylällä osaavana miehenä. Marja kalpeni kuultuaan asiasta.

18. luku

Illat pimenivät ja Marja leikkeli
matonkuteita. Hän katseli kaihoten äitinsä
vanhoja vaatteita. Muistot menivät kuin
filminauhalta hänen silmiensä editse.
Myös Kallen jäämistö joutui saksien
armoille kuten hänen omat pieniksi
jääneet vaatteensa.

Sitten he loivat yhdessä Mantan kanssa
pitkän loimen ja kokosivat tupaan
kangaspuut. Marja aloitti kutomisen.

Hämärinä talvipäiviä Marja kutoi
aamusta iltaan. Kutoessaan hän kävi läpi
elämäänsä. Värit vaihtelivat ja kuteet
toivat elävästi mieleen jo unohtuneet
tapahtumat. Välillä häntä itketti, mutta
olihan joukossa iloisiakin tapahtumia.

Talvi kului verkalleen kevättä kohti ja
matot valmistuivat. Marja oli mennyt
mattokäärön kanssa tapaamaan Elsaa.
Hän odottikin jo teepannuineen.

"Kuinka talvesi on sujunut?" Elsa kysyi.

"Olen kutonut vanhoista vaatteista
mattoja. Tässä on sinullekin maton pätkä.
Toivottavasti se sopii pirttiisi."

"Onpa se kaunis." Ihasteli Elsa

"Talvi on ollut aika raskas, mutta
neuvomasi yrtit ovat auttaneet. Eino on

muuttunut kauhean määräileväksi. Ihan kuin omistaisi koko talon."

"Tilanteet muuttuvat hetki hetkeltä. Nyt hän haluaa toteuttaa toiveitaan. Onhan hän oikein opiskellutkin ja tuntee itsensä asiantuntijaksi alalla ja nyt hänellä on oiva tilaisuus tehdä haaveistaan totta. Sinun kannattaa olla todella varovainen ja pitää huolita itsestäsi. Vallanhalu on sellainen voima, joka kasvaa ajan myötä suhteettomiin mittoihin. Ole todella varovainen."

Marja ihmetteli mielessään, mitä hän oikein tarkoitti, mutta ei kysellyt enempää.

"Kävin katsomassa tullessa taikasauvapuuta. Siinä oli isoja silmuja ja se tuntuu kasvavan hyvin.

"Se onkin sellainen verivaahtera, josta voi kasvaa hyvin suuri puu, jollet halua tehdä siitä taikasauvaa heti alkuunsa."

"Minun puolestani se saa kasvaa rauhassa, en raski mennä sitä tappamaan"

"Voit käydä välillä sen vieressä meditoimassa. Siitä saat hyvää energiaa ja samalla puukin vahvistuu. Kumpikin teistä vahvistaa toisensa kasvua."

Keväällä Eino päätti, että talosta tehdään viljelytila. "Eihän noista kantturoista ole kuin vaivaa ja nyt niistä saa oikein tapporahaakin.”

Niin taas ajoi Karjakunnan ruskea auto pihaan hakemaan eläimiä. Lehmät ja Riittu joutuivat lähtemään. ”Ei me kahta kaakkia tarvita. Tuo alkaa jo olla vanhakin.” Tuumi Eino.

Manta itki haikeana. Eino oli antanut hänellekin lähtöpassit.

”Voi sua tyttöraukkaa. Kuinka sä nyt pärjäät. Ole varovainen ja pidä kamarisi ovi lukossa.”

”Kummallista, kaikki varoittelevat mua,” ajatteli Marja.

Kun Manta oli lähtenyt taloon muutti Einon äiti Alma. Hän oli vähän sairaalloinen, mutta toimitteli kotiaskareita, joten Marjan ei tarvinnut ihan kaikkea tehdä. Tosin hän välillä ihmetteli kuinka Manta oli selvinnyt kaikista hommista ja vielä lisäksi hoitanut karjankin.

Einon veljen vaimo oli heidän kotitalossaan alkanut pitää komentoa eikä ollut tullut oikein Alman kanssa toimeen. Alma oli valittanut Einolle ja tämä oli kutsunut hänet asumaan taloon. Hän oli selittänyt, että kunhan Marja vähän kasvaa, menevät he naimisiin ja sitten koko   talo on hänen hallussaan. Hän antoi ymmärtää, että Marja oli häneen kovin rakastunut.

Alma oli ollut hämillään, kun Eino oli ehdottanut hänelle taloon siirtymisestä. Eino oli selittänyt kuinka hän nyt tarvitsi äitinsä apua, että talo saataisiin siirrettyä omaksi. Hän oli kertonut kuinka Elina oli luvannut naida hänet, mutta aika oli loppunut kesken. Nyt oli tarkoitus saada Marja myötämieliseksi naimakauppaan.

Ensin Alma oli innostunut asiasta, mutta nykyään, kun Eino oli muuttunut jotenkin tylyksi myös äitiään kohtaan, oli Alma alkanut katua lupauksiaan. Toisaalta olihan Eino hänen omaa lihaansa ja vertansa… Eino oli tuonut pienen pullon kaupunkireissultaan ja antoi sen Almalle.

19. luku

Eräänä elokuisena iltana Alma ja Marja
olivat kahdestaan kotona. Alma keitti
iltateet ja laittoi Marjallekin kuppiin
valmiiksi teen ja hunajan ja kehotti, että
mentäisiin oikein kamarin puolelle, kun ei
muita ollut paikalla. Alma tarjoili pullaakin
teen kanssa. Marja vähän ihmetteli,
kuinkas Alma nyt noin höveli oli. Vähän
ajan päästä Marja tunsi itsensä hyvin
väsyneeksi ja meni omaan huoneeseensa
ja kävi pitkälleen sänkyyn. Päässä tuntui
huimaavalta ja niin hän nukahti.

Yhtäkkiä hän havahtui. Joku riisui hänen
vaatteitaan. Hän yritti vastustella, mutta
karheat kourat riisuivat häneltä
viimeisetkin vaatekappaleet. Eino oli
hänen kimpussaan ja käsitteli häntä
kovakouraisesti, mutta Marjan kaikki
voimat olivat kadonneet. Hän yritti vielä
vastustella, mutta sitten hän lamaantui
täysin. Eino toisteli hänen nimeään ja
sanoi rakastavansa ja tekevänsä hänestä
kunnon emännän.

Marja jäi makaamaan vuoteeseensa ja
nukahti.

Aamuyöllä hän heräsi ja ihmetteli
tapahtunutta. Sänky oli sekaisin ja lakanat

veressä. Sitten hän muisti Einon. Kylmät väreet kulkivat hänen lävitseen. Olihan hän ollut mukana lehmien astutuksissa ja nähnyt eläinten touhut, mutta miten Eino oli voinut hänelle tälläistä tehdä.

Marja kokosi lakanat nyytiksi ja lähti saunalle. Hän laittoi pyykit kylmään veteen likoamaan ja katseli kuinka vesi alkoi muuttua punaiseksi. Hän lämmitti padassa vettä ja pesi itsensä huolellisesti. Tuntui ettei lika irtoa millään. Hän kävi vielä järvessä uimassa, mutta ei sekään auttanut. "Miten kaikki oikein tapahtui. Tästäkö ne kaikki ovat varoitelleet." Syyllisyys alkoi hiipiä mieleen. "En muistanut lukita ovea. Olenko jotenkin huono." Marjan pää tuntui vielä pöpperöiseltä.

"Oliko teessä ollut jotain." Hän ajatteli, mutta ei voinut uskoa, että Alma olisi sekoittanut jotain teehen. "Käyhän hän kirkossakin sunnuntaisin." Marja pesi lakanat ja kävi huuhtomassa ne järvessä. Sitten hän ripusti ne kuivumaan ja palasi tupaan. Siellä Alma jo keitteli aamupuuroa.

"Sinähän olet aikaisin liikkeellä." Marja ei vastannut mitään ja Alma näytti jotenkin vaivautuneelta.

Eino tuli rehvakkaasti sisään ja tervehti Marjaa hymyssä suin. "Mitäs tää meidän emäntä nyt. Mennäänkö kaupunkiin ostamaan kihlat?" Marja oli vaiti.Hän otti villatakin naulasta ja lähti ulos.

Marja kulki metsäpolkua. Auringon säteet siivilöityivät oksien läpi luoden koko ajan muuntuvia kuvioita maahan. Hän hengitti raikasta ilmaa ja ajatteli yön tapahtumia, mutta kaikki tuntui kuin unelta. "Kuvittelenko vai tapahtuiko tosiaan niin," hän ihmetteli. Kaikki tuntui nyt unelta.

Sitten hän alkoi pohtia tulevaisuuttaan. "Kun kaikki kyläläiset kuulevat tapahtuneesta, alkavat ihmiset juoruilla. Kuinka sellaista voi kestää. Kerran syrjäkylän Riikka oli ollut jonkun hunsvotin kanssa ladossa. Joku oli nähnyt heidät ja sitten Riikkaa oli mustattu aivan kamalasti. Hänet oli leimattu huonoksi naiseksi. Huoraksi häntä alettiin nimittää. "Niin varmaan mullekin käy, jos juttu pääsee leviämään, jollen nyt suostu Einon kosintaan."

Hän ajatteli Juusoa ja muisteli kuinka hyvältä hänen lähellään olikaan tuntunut. Kyyneleet kihosivat hänen silmiinsä, kun hän ajatteli, ettei enää voisi kokea samanlaista. Hän muisteli yöllä tuntemiaan kovia tunnottomia kouria vartalollaan ja yököttävän hajuista hengitystä kasvoillaan.

"Onko tämä elämisen arvoista elämää. Varmaan olisi kaikkien kannalta parempi, jos häviäisin täältä kokonaan. Tuolla vähän matkan päässä on suo ja siellä on silmäke, josta varoitellaan. Sinne voisin vajota ikiajoiksi. Ei mua kukaan kaipaamaan jäisi."

Ja niin hän lähti kulkemaan suota kohti.

Hän kulki syvemmälle metsään ja saapui synkkään kuusikkoon. Siellä oli hämärää ja aavemaista. Puiden alimmat oksat olivat kuivettuneet valon puutteessa eikä maassa kasvanut varpujakaan. Paikka näytti autiolta mörkömetsältä. "Täällä asustaa varmaan kummituksia"; hän ajatteli ja nojautui suuren vanhan kuusen runkoa vasten.

Samassa hän tunsi kuinka vahva voima rungosta siirtyi häneen. Hänestä tuntui, että kuusi lohdutti häntä ja aivan kuin olisi kuiskaillut: "Sinulla on paikka täällä maailmassa . Älä hylkää sitä. Elämä on elämisen arvoinen seikkailu. Olet vasta alkutaipaleella. Jatka eteenpäin. Synkkien aikojen jälkeen aurinko taas paistaa." "Kummallista, aivan kuin kuusi haluaisi rohkaista minua jatkamaan. Aivan kuin se sanoisi, että pimeydestäkin voi löytää valoa, kun vain kurkottaa tarpeeksi korkealle. Kasvamista valoa kohti, sitä elämä on.”

Marja tuli suon laitaan. Suonsilmäke oli tuolla jossain, mutta nyt Marja kääntyi ympäri ja päätti mennä tapaamaan Elsaa.

20. luku

Marja saapui Elsan mökille. Elsa oli liiterin edessä pilkkomassa puita. Hän laittoi kirveen sivuun ja katsoi Marjaa tutkivasti.

"Sinä tulit sittenkin. Kaikki on hyvin vaikka sinulla nyt onkin vaikea paikka. Liian aikaisin on syksy tullut elämääsi. Liian paljon liian nuorena. Kuitenkin voit kääntää kaiken voitoksesi."

Marja hätkähti. Mistä Elsa voi tietää, mitä on tapahtunut. Kuitenkin hän tunsi kuinka Elsa säteili lohduttavaa energiaa, aivan kuin se kuusi siellä metsässä. Rakkaudellinen energia kietoi Marjan syleilyynsä. Hänestä tuntui kuin olisi saapunut turvasatamaan.

"Mennään sisälle niin keitän sinulle teetä vahvistukseksi."

Elsa sytytti hellaan tulen ja laittoi vesipannun levylle.

"Kerropa nyt mitä sinulle on käynyt. Energiakenttäsi tuntuu vaurioituneelta."

Marja kertoi öisistä tapahtumista kaiken, mitä muisti. Hän kyllä huomasi, että kertomuksesta puuttui osia, mutta ei hän kaikkea pystynyt muistamaan. Oli kuin osa tapahtumista olisi kadonnut jonnekin.

”Pahan kohtaaminen on rajanvetoa kohdatessasi sen. Vastustaminen lisää pahan voimaa ja saa suorastaan vimman pahan tekijän sisällä heräämään ja keräämään lisää energiaa vastustelijasta. Näin paha suorastaan räjähtää ja rikkoo kaiken eteensä tulevan.

Näin sinulle on nyt käynyt.

Toinen puoli on sitten, kuinka jatkat tästä eteenpäin. Haluatko kostaa tai tuhota itsesi.”

”Ajattelin tullessani mennä suonsilmään ja hävitä kokonaan, mutta sitten metsässä nojasin vanhaan kuuseen ja se antoi minulle voimaa jatkaa elämääni.”

”Voi sinua tyttörukkaa. Sinulla on elämä edessäsi ja voit käyttää kaiken kokemasi hyödyksesi. Kovat kohtalot kasvattavat usein mestareita elämän tielle, mutta nyt sinun pitää vähän aikaa toipua kokemastasi.”

Elsa kaatoi kuppeihin teetä. Tarjolla oli metsähunajaa ja pikkuleipiä, joissa näkyi pähkinöitä ja marjoja.

”Kylällä kerrotaan sinustakin hurjia juttuja. Alkavatko ihmiset minustakin juoruta, jos en suostu Einon kosintaan. Minusta kuitenkin tuntuu mahdottomalta

mennä hänen kanssaan naimisiin.
Hänhän on ihan vanha ukko, vanhempi
kuin isäni oli. En varmaan uskalla mennä
enää takaisin ollenkaan."
"Ihmiset puhuvat ja lisäilevät juttuihin
kaikenlaista omista tarpeistaan. Monella
on tarve mustata toisia, jotta itse näyttäisi
paremmalta. Sellaista elämä on."
"Kerrotaan, että olet tappanut miehesi ja
tehnyt hänen luistaan taikakaluja. Hänen
takkinsa kuulemma roikkuu vielä eteisessä
eikä anna sinulle rauhaa."
"Mleheni kuoli aivan luonnollisesti
sydänkohtaukseen ja hänet on haudattu ja
siunattu maan lepoon kaikkine luineen.
Hänen takkinsa kyllä roikkuu tuolla
naulassa, koska olen käyttänyt sitä piha-
askareissa."
"Oletko kuitenkin oikea noita?"
"Mikä sitten on noituutta. Energiat
liikkuvat omien lakiensa mukaan. Jos
vähänkin ymmärtää niiden liikkeitä voivat
tapahtumat näyttää yliluonnollisilta. Näin
sinäkin saavuit tänne, etkä mennyt suolle."
"Tiesitkö mitä olin tekemässä?"
"En suoranaisesti, mutta tunsin, että
jotain pahaa sinulle on tapahtumassa ja
niin lähetin rukouksen puolestasi."
"Nyt kyllä tuntuu, että haluan muuttaa
täältä jonnekin kauas ja ruveta erakoksi.

En halua olla tuolla ihmisten joukossa pilkattavana."

"Maltahan nyt vähän. Jos eristäydyt tai katoat kokonaan lisäät vain bensaa liekkeihin. Parasta sinulle olisi kohdata vastustajasi silmästä silmään. Sitäpaitsi Eino teki rikoksen, josta hänen kuuluu saada rangaistus lakien mukaan. Voisimme käydä kertomassa tapauksesta poliisille. Hänen kuuluu tehdä siitä raportti ja panna asia vireille."

"Voit vahvistaa itseäsi harjoitteilla, mutta ensiavuksi anna sinulle tällaisia makeisia. Ne antavat voimaa ja rohkeutta kohdata tilanteita."

"Taidat sittenkin olla oikea noita."

"Elämäni varrella minulle on kertynyt kaikenlaista, mutta aina pitää muistaa, että vastuu teoista kuuluu aina tekijälle. Myös tämä auttaminen on vastuun ottamista. Olen tavallaan vastuussa sinunkin teoistasi, koska olen antanut apuani. Mutta nyt sinun on parasta mennä tuonne sänkyyni pitkäksesi ja vähän levätä."

Marja oikaisi itsensä vuoteelle ja vaipui nopeasti uneen.

Kun hän heräsi oli jo iltapäivä. Ensin hän ei tajunnut, missä oli, mutta sitten tapahtumat vyöryivät hänen tietoisuuteensa.

"Tuntuuko yhtään paremmalta?" Kysyi Elsa ja katsoi häntä vakavan näköisenä.

"Nyt meidän täytyy lähteä käymään kirkolla poliisin pakeilla."

"Onko sinne ihan pakko mennä? En mä kehtaa kertoa niistä yön tapahtumista."

"Ei se helppoa tule olemaankaan, mutta myöhemmin tulet huomaamaan, että kertominen kuitenkin kannatti, vaikka heti ei siltä tuntunut."

Niin he lähtivät poliisilaitokselle.

Paikallinen vallesmanni kyseli heiltä tarkasti tapahtumista, mutta ei Marja kovin selvää kuvausta pystynyt antamaan. Mitään pahoinpitelyn jälkiä ei ollut näkyvissä. Lisäksi, kun hän oli käynyt pesulla ja vielä pessyt lakanatkin, väkivallan toteen näyttäminen ei ollut selvää. Sitten poliisi totesi, että pitää kuulustella toistakin osapuolta, jotta tasapuolisuus toteutuisi.

Naiset palasivat mökille ja Marja jäi seuraavaksi yöksi Elsan vieraaksi.

21. luku

Marja käveli metsäpolkua kotiaan kohti. Metsä tuntui hänestä rauhoittavalta, paikalta, jossa kaikki on sopusoinnussa keskenään. Hän katseli puita kuin uusin silmin. Kuuset seisoivat jäyhän näköisinä ja aivan kuin olisivat kehottaneet häntäkin pysymään juurillaan ja ottamaan vastaa, mitä tuleman piti.

Kun kotitalo alkoi näkyä, hän otti rasiasta yhden makeisen. Hän tunsi, kuinka voima alkoi virrata hänessä. Niin hän käveli päättäväisesti taloa kohti. Ketään ei näkynyt pihamaalla. Alma istui yksin tuvassa ja säpsähti kun huomasi Marjan saapuvan.

"Missä olet ollut? Aloin olla huolestunut, kun ei sinua kuulunut."

"Olin Elsan luona käymässä ja sitten kävimme poliisiasemalla. Onko Eino kotosalla?"

"Hän taitaa nukkua vielä. Hän oli illalla pitkään kylällä. Mitä te siellä poliisissa kävitte?"

Samassa Eino ilmestyikin tupaan silmät verestävinä.

"Vai olitte käyneet sen noita-akan kanssa rollimassa vallesmannille. Olin muka tehnyt sinulle väkivaltaa, muttei se Erkki mitään merkkejä pahoinpitelystä susta löytänyt. Kehotti sopimaan asiat keskenämme. Ei tollasesta mitään juttua kannata nostaa. Kerrankos sitä renkimies talon tyttären nai. Mä kyllä vastaan tekosistani ja pidän hyvää huolta jälkeläisistäni. Ei sulla nyt paljoa muita mahdollisuuksia ole, kuin että mennään vihille tai sitte saat sellaisen maineen, ettei susta kukaan huoli. Joskus vaan sellaiseksi tilapäiseksi lämmikkeeksi." Eino naurahteli.

"Sun kanssa en kyllä vihille lähde. Tuli sitte, mitä tuli ja puhukoot kylällä mitä vaan." Marja ihmetteli omaa käytöstään ja lähti kamariinsa.

"No no, ollanpas sitä nyt koppavaa. On tainnut noita-akka sekoittaa pääsi kokonaan." Huuteli Eino perään.

Alma katseli kalpeana sivummalta.

Yksin ollessaan Marja alkoi ajatella, mitä voisi tehdä. "Kuinkas tässä näin kävi. Minäkö tässä kaikkeen syyllinen olenkin." Kyyneleet alkoivat virrata vuolaina hänen silmistään. Sitten hän niisti nenänsä. Haki tuvasta sunnuntain lehden ja alkoi katsella työpaikkailmoituksia.

Kotiapulaisia, myyjätärtä kauppaan, kylmäkköä ravintolaan sitten hän huomasi, että radiotehtaalle haettiin nuoria näppäriä naisia kokoonpanotehtäviin. Hän leikkasi ilmoituksen irti.

Seuraavaksi hän silmäili vuokralle tarjotaan osastoa. Hän löysi leskirouvan ilmoituksen, jossa tarjottiin huonetta vuokralle. Vuokra oli pieni, mutta kauppaan kuului myös vähän kotiaskareita. Hän leikkasi myös sen ilmoituksen.

Illalla ja yöllä hänen päässään kiertelivät ajatukset pois muuttamisesta. Mitä siitä seuraisi. Onko tämä oikea ratkaisu. Olihan Elsa ja kuusi kehottaneet häntä pysymään juurillaan, mutta nyt hänestä tuntui, ettei hän jaksa täällä enää. ”Mitä jos olenkin nyt raskaana. Jos häivyn kaikki saavat tietää. Millaista olisi olla Einon vaimona täällä kotona. Kuinka pärjään kaupungissa ja yleensä saanko työpaikkaa ja asuntoa.”

Lopulta hän nukahti. Yöllä hän heräsi painajaiseen. Hän oli hiestä märkänä ja vapisi kauttaaltaan. ”Kyllä minä täältä lähden. En kestä enempää,” hän ajatteli ja nukahti uudelleen.

22. luku

Aamulla Marja söi aamupuuron ja sanoi
Almalle lähtevänsä käymään
kaupungissa. Hän käveli tienvarteen ja
pysäytti bussin. Bussin ikkunasta hän
katseli ohikiitävää maisemaa. Olo tuntui
haikealta.

Kaupungissa hän käveli pitkin katuja ja
huomasi olevansa aivan eksyksissä.
Sitten hän kysyi eräältä vastaantulijalta
tietä radiotehtaalle. "Sinne on kyllä aika
pitkä matka, sinun kannattaa mennä sinne
bussilla. Pysäkki on tuolla kadun toisella
puolella. Sano rahastajalle , että jättää sut
pois oikealla pysäkillä." Marja kiitteli
opastuksesta ja meni seisomaan
pysäkille. Bussi saapuikin kohta ja matka
onnistui hyvin.

Tehdas sijaitsi isossa rakennuksessa.
Sisäänkäynnin vieressä oli lasikoppi, jossa
istui portinvartija. Marja kertoi hänelle
olevansa liikkeillä työpaikka ilmoituksen
johdosta. Vahti neuvoi häntä menemään
toiseen kerrokseen ja siellä ilmoittautuvan
työnjohtajalle, jolla oli koppi heti rappujen
vieressä.

Marja kiipesi raput ylös sydän
pamppaillen ja koputti varovasti lasikopin

oveen. työnjohtaja avasi oven. Marja niiasi kohteliaasti ja kertoi tulevansa lehti-ilmoituksen johdosta.

”Kyllä meillä tekijöitä nyt tarvitaan. Millaisia töitä olet ennemmin tehnyt?”

”En ole ennen ollut missään muualla kuin kotitilalla. Siellä olen kyllä tehnyt kaikenlaista ja minä kyllä opin nopeasti.” Selitteli Marja hermostuksen puna poskillaan.

Työnjohtaja katsoi syvälle Marjan silmiin ja hymyili.

”Olet vielä aika nuori, kuinkas ne ovat sinut sieltä laskeneet lähtemään. ”Täytän kahden viikon päästä seitsemäntoista. Äiti ja isä ovat kuolleet eikä mulla ole omaisia siellä. Ei mua siellä kukaan kaipaile.”

”No voithan tulla ja aloittaa ensi viikolla. Töihin pitää tulla täsmällisesti ja leimata kellokortti ennen seitsemää. Täällä tehdään urakkatöitä kuten näet tuolla on pitkä linja, jonka ääressä työntekijät istuvat. Linjaa pitkin koneet siirtyvät eteenpäin seuraavalle. jokainen tekee oman vaiheensa ja näin homma luistaa. Tervetuloa. Tapaamme sitten maanantaina. silloin saat tietää enemmän.”

Keventynein mielin Marja palasi takaisin. Hän löysi kaupungin kartan ja etsi sieltä leskirouvan osoitteen. Talo sijaitsi keskustassa. Se oli sellainen viisikerroksinen vankka rakennus. Leskirouvan huoneisto sijaitsi kolmannessa kerroksessa. Marja soitti ovikelloa.

"Tulin kysymään siitä asunnosta, josta oli ilmoitus sunnuntain lehdessä."

"Käyppä peremmälle. Huone on vielä vapaana. Mistä olet tulossa ja onko sinulla työpaikkaa."

"Mä sain juuri radiotehtaalta töitä ja aloitan siellä maanantaina, joten jonkinmoinen kortteeri pitäisi saada."

Rouva esitteli huoneen. Se oli aika pieni ja tunkkainen. Huoneessa oli sänky pieni pöytä ja lipasto sekä vaatekaappi. Kaikki oli pölyn peitossa ja aika kulahtaneen näköistä, mutta vuokra oli pieni.

"SItten sinun pitää siivota koko lukaali kerran viikossa ja käydä asioillani tarpeen mukaan. Ruokaa voit keittää keittiössä, mutta mitään käryä ei saa syntyä. Kerran viikossa voit käydä kylvyssä ja suihkussa pari kertaa. Vieraita ei saa käydä. Miesvieraita ei varsinkaan."

Marja katseli paikkoja ja ajatteli, että kyllä tästä tulee ihan sievä paikka kunhan saan tämän siivottua.

Niin tehtiin vuokrasopimus. Marja sanoi tulevansa jo huomenna, jotta ehtii saada paikat kuntoon maanantaiksi.

23. luku

Marja palasi kotiinsa ja alkoi pakata tavaroitaan matkalaukkuun. Kamarinsa oven hän piti tiukasti lukittuna.

"Milläs asioilla siellä kaupungissa kävit?" Alma tiedusteli huolestuneen näköisenä.

"Kävin kysymässä yhtä työpaikkaa ja aloitan siellä maanantaina. Löysin halvan kortteerinkin, joten ei teidän tarvi olla minusta huolissanne."

"Oletkos nyt ihan tosissasi. Olis sulla täälläkin tekemistä ja saat täyden ylöspidonkin."

Marja ei vastannut mitään. Einoa ei illalla näkynyt . Oli taas lähtenyt kylälle.

Aamulla Marja söi aamiaisen ja lähti sitten kantamaan matkalaukkua ja pahvilaatikkoa tien varteen. Autoa odotellessaan hän katseli edessään avautuvaa maisemaa ja tunsi kuinka pala nousi kurkkuun. "Mitä oikein olen tekemässä. Onko tämä oikea ratkaisu. Elsakin kehotti jäämään ja kohtaamaan tilanteen silmästä silmään. En kuitenkaan pysty jäämään," hän ajatteli ja kävi mielessään läpi viimepäivien tapahtumat. Bussi saapui ja hän kiipesi kyytiin tavaroineen. Vilkaisi vielä ikkunasta ohikiitävää maisemaa ja nosti päänsä pystyyn.

Vuokraemäntä tuli avaamaan aamutakki päällään. "Sinähän aikaisessa olet. En yleensä ole jalkeilla vielä tähän aikaan."

Marja katseli huonettaan. Se oli vielä nuhruisemman näköinen kuin hän muisti. Ikkunaa ei oltu varmaan pesty moneen vuoteen ja kaikki oli pölykerroksen peitossa. Niinpä hän alkoi siivota. Hän oli kantamassa mattoa ulos tomutusparvekkeelle, kun naapurin rouva tuli vihaisena selittämään. ettei tähän aikaan saanut tampata mattoja. "Eikö neiti ole lukenut järjestyssääntöjä."

Marja pyyteli anteeksi ja selitti, että oli vasta tullut ja huone pitäisi siivota. Sitten hän huomasi parvekkeen oven pielessä lapun, missä lukivat tuuletusparvekkeen käyttöajat. "Siis tunnin päästä."
Hän meni pesemään ikkunaa ja kasasi peitot, tyynyt ja muut tomutusta vaativat nyytiksi odottamaan. Hän pyyhki pölyt, lakaisi lattian ja sitten luuttusi sen. Kävi parvekkeella puistelemassa maton ja tuuletusta kaipaavaat vuodevaatteet.

Sitten hän avasi matkalaukun ja pahvilaatikon ja purki tavaransa sieltä.

Marja katseli ikkunasta avautuvaa maisemaa. Vastapäisessä talossa oli myös viisi kerrosta. Alhaalla oli nupukivinen katu. Talon alakerrassa oli maitokauppa ja vastapäisessä talossa sijaitsi kalakauppa ja leipurin liike.

Hän meni katsomaan kylpyhuonetta. Leskirouva oli jo täysissä pukeissa ja tuli paikalle ja alkoi selittää miten vessaa, suihkua ja ammetta käytetään. Vessa pitää muistaa vetää aina käytön jälkeen, eikä vettä saanut läikytellä lattialle ja amme ja lavuaari piti aina puhdistaa käytön jälkeen. Marjasta alkoi tuntua, että rouva luuli hänen tulevan jostain havumajasta.

Oli lauantai. Marja kävi kaupassa rouvan ostoksilla ja samalla hän osti itselleenkin ruokaa sunnuntaita varten.

Sunnuntaina hän nukkui pitkään, söi vähän aamiaista ja lähti ulos tutustumaan kaupunkiin. Hän käveli katuja ristiin rastiin. Sitten hän katsoi kartasta, olisiko työpaikalle sopivaa kävelyreittiä. Hän mittaili matkoja ja löysi mielestään sopivan kulkuväylän. Hän meni kokeilemaan sitä. Ensin oli katua, sitten piti ohittaa puisto ja lopuksi kapeaa polkua pääsi oikaisemaan radiotehtaan lähelle. Sitten pääsi taas kadulle ja perillä oltiin. Matkaa ei tullut kuin pari kilometriä.

Kotiin palattuaan leskirouva kyseli tarkasti, missä hän oli käynyt. kun hän selosti matkareittinsä rouva kauhistui. "Ei sinne metsään kannata mennä. Siellä asustaa kaikenlaisia irtolaisia, jotka voivat ryöstää ja tehdä kaikenlaista pahaa. Mene mieluummin bussilla niin olet turvassa."

Marja hätkähti. "Vai on täälläkin Einoja." hän ajatteli. "Varmaan käytän sitten linjuria jos se on turvallisempaa. Voiko niihin busseihin ostaa lippuja täältä jostain?" Rouva selitti juurta jaksaen, mistä lippuja voi hankkia ja millaisia hänen pitää kysyä. Varmuudeksi hän kertasi vielä asiat pariin kertaan.

24. luku

Maanantai aamuna kuuden jälkeen
Marja lähti kohti tehdasta. Hän oli paikalla
hyvissä ajoin ennen seitsemää.
Työnjohtaja toivotti hänet tervetulleeksi ja
sitten vanhempi Elli niminen naisihminen
tuli häntä opastamaan. Ensin piti leimata
kellokortti. Jos myöhästyi, korttiin tuli
punainen leima ja palkasta voitiin
vähentää tunti.
Samaan aikaan saapui toinenkin vasta-
alkaja ja Elli näytti heille paikkoja. Keskellä
salia olivat työtilat, jossa naiset istuivat
pitkän pöydän ääressä. Sitä kutsuttiin
nauhaksi. Täällä koottiin urakalla
transistoriradioita.
Ensin oli lyhyempi nauha, jossa ladottiin
komponentteja piirilevyille. Marja katseli
kummissaan pienehköjä levyjä, joiden
toisella puolen oli vihreää ja toisella
ruskeaa. Ruskealle puolelle asetettiin
erilaisia nappuloita. Nappuloiden päissä
olevat rautalangat oli taivutettu ja ne
pujotettiin reikiin joista ne jatkuivat levyn
toiselle puolelle. Sitten rautalangat
taivutettiin toisella puolen niin, että
nappulat pysyivät paikoillaan. Liiat langat
katkaistiin leikkureilla ja kun tarvittava

määrä komponentteja oli levyllä kiinni annettiin levy seuraavalle tekijälle. Sitten levyt menivät juotoskoneeseen ja lopulta isolle nauhalle, missä kaikista osista kasattiin koko radio. Myöhemmin hänelle selvisi, että nappulat olivat vastuksia, kondensaattoreita eli konkkia, transistoreja, keloja jne. Vihreällä puolelle kulki sähkö metallisia liuskoja pitkin, jotka oli syövyttämällä saatu aikaiseksi yhtenäisestä levystä. Ne olivat piirilevyjä.

Marjaa tuli opastamaan Senni, joka oli ollut tehtaalla jo kauan. Marja oppi nopeasti ja oli näppärä työssään ja niin hän sai jäädä yksin paikalleen.

Viereisessä pöydässä istui Anni ja he alkoivat jutella töitä tehdessään. Anni oli myös tullut maalta kaupunkiin ja asui sukulaistensa luona lähellä tehdasta. Hän kyseli Marjan kuulumisia. Tämä kertoi vasta tulleensa kaupunkiin ja järjestelevänsä asuntoaan. "Onko sulla poikakaveria, kun olet kotoasi lähtenyt?" "Ei ole, eikä kundit oikein nyt kiinnostakaan." Vastaili Marja, muttei kertonut syitä, miksi oli muuttanut kaupunkiin. Anni ajatteli, että varmaan Marja oli muuttanut samoista syistä kuin hänkin. Maalla olo oli niin tylsää, Täällä näki elämää. Oli kauppoja ja ihmisiä. Aina tapahtui jotain.

Aamupäivällä tuli kahvikärry, josta myytiin kahvia, teetä ja purtavaa. Marja osti kupillisen kahvia ja lihapiirakan, jota Anni oli kehunut. Kymmenen minuuttia huilattiin ja sitten taas alettiin hommiin. Yhdeltätoista alkoi puolen tunnin ruokatauko. Tytöt menivät ruokalaan, missä tänään oli tarjolla kaalilaatikkoa, keittoa tai makkarakastiketta. Marja valitsi laatikon. Keittäjä kauhoi hänelle ison annoksen ja tuumi, että taidat olla ihan uusi täällä.

Iltapäivällä kahvikärry saapui taas katkaisemaan työt ja sitten jatkettiin urakkaa.

Puoli neljältä tehtaan pilli soi. Mentiin jonossa leimaamaan kellokortit ja sitten portin kautta ulos. Portilla piti painaa kellonappulaa ja jos kello sattui soimaan joutui tarkastukseen. Kassi piti avata ja joskus taskutkin tyhjentää. Tehtaan omaisuutta ei ollut lupa viedä ulkopuolelle.

Ulkoilma tuntui raikkaalta tehdassalin jälkeen. Marja käveli bussipysäkille ja jatkoi matkaansa keskikaupungille.

Kun hän saapui asunnolleen, huomasi hän, että hänen tavaroitaan oli pengottu. Hän oli pinonnut vaatteensa siistiin pinkkaan, mutta nyt pinkat olivat toisenlaisia.

Rouva tuli heti kyselemään, kuinka työpäivä oli sujunut. Marja kertoi, että ihan hyvin hommat olivat lähteneet käyntiin. Siellä on ruokala ja kahvikärryt kulkevat aamulla ja iltapäivällä, joten ruokaa ei tarvitse enää illalla isommalti laitella.

"Miten se sinun kotiväkesi päästi sinut lähtemään. Tänne tuli tänään yksi vanhempi herra sinua kyselemään. Lupasi tulla illalla uudestaan. Onko se sinun isäsi vai jokin sukulainen?"

Marja kalpeni kauhusta. Mitä hän nyt tekisi, jos Eino tulisi häntä tapaamaan. Marja ajatteli kuumeisesti, mitä nyt pitäisi tehdä. Saisiko hän rouvan puolelleen vai tulisiko hänestä Einon liittolainen. Hän päätti kertoa, mitä oli tapahtunut.

Rouva katseli silmät suurina ja hyvin epäuskoisen näköisenä.

"Tuo ei kyllä kuulosta ollenkaan uskottavalta, mutta jos se on totta, joutaisi tuollainen tyyppi kyllä vankilaan. Tehdään näin. Sanon hänelle, että sinä olet nyt täällä, käyt töissä ja iltaisin opiskelet. Kai menet jotain opettelemaan työväenopistoon. Sanon, että minä kyllä vahdin sinua."

"Kiitos. Olen todella kiitollinen, jos tilanne näin selviää. En todellakaan halua mennä takaisin. Niin ja tänään alkoivat menkkarit, ettei raiskauksesta tullut pahempia seurauksia. Sitä ei Einolle tarvi sanoa."
Illalla Eino tuli takaisin ja Marja kuuli keskustelua. Eino oli mairea ja käytti kaikki keinonsa rouvaan, mutta rouva oli liian kova pala. Hän selitti, kuinka hän tarvitsi nyt Marjaa siivoushommiin ja kyllä hän katsoisi, ettei tyttö pääsisi liikaa hurvittelemaan. Nuorille tekee hyvää olla vähän aikaa poissa kotoaan. Ehkä hän ajatteli, että saisi Marjasta halvan kotiapulaisen.

25. luku

Niine hyvineen Eino palasi maalle. Hän ajatteli, että olisi nyt herra talossa ja voisi käyttää tilan tuottoja itsensäkin hyväksi ja kyllä routa porsaan kotiin ajaa, joten olkoon likka kaupungissa toistaiseksi. Niinpä hän alkoi suunnitella kuinka saisi omaisuutta siirrettyä omaan käyttöönsä. " Nyt täytyy olla tarkkana, että kaikki näyttää hyvältä ulospäin." Hän tuumi.

Hän alkoi kertoa juttuja kylällä, kuinka Marja oli mennyt sekaisin ja oli nyt kaupungissa hoidattamassa päätään. "Se saa siellä jotain lääkitystä, eikä sillä kaikki ole nyt kohdallaan. Antaa sen nyt olla jonkin aikaa siellä, niin eiköhän se siitä tokene."

Epämääräiset juorut kylällä levisivät. Joku kertoi, että Marja oli raskaana ja oli menossa Tanskaan myymään vauvaansa. Toiset arvelivat hänen tehneen abortin kaupungissa. Jotkut tiesivät, että Marjan aitassa oli kesällä käynyt jos jonkinmoista kulkijaa. Juusokin oli siellä nähty. Ja ajan kuluessa kaikki jutut alkoivat kuulostaa tosilta.

Juuso oli lähtenyt kesä jälkeen Ruotsiin töihin. Hänen isänsä oli palannut kotitaloon ja heittänyt Juuson hankkimat vuokralaiset ulos. Kun hänen äitinsä oli sairaalassa, katsoi Juuso parhaimmaksi vaihtaa maisemaa. Ruotsi tuntui houkuttelevalta. Monet olivat kehuneet kuinka sillä rikastuu ja saa hankittua auton ja rahaa pankkiin.

Marja kävi töissä tehtaassa. Tutustui ihmisiin liukuhihnan ääressä ja alkoi tuntea olevansa yksi heistä. Hän oli ahkera ja näppärä käsistään, joten ei hän urakkaa häirinnyt, paremminkin päinvastoin. Hän saattoi tehdä vähä ylimääräistäkin, jos joku ei pysynyt riittävän rivakasti vauhdissa.
Työpaikalla oli paljon nuorta porukkaa sillä opiskelua ennen piti työharjoittelut olla tehtynä.Monet nuorukaiset olivat tulleet tehtaaseen harjoittelijoiksi. Elektroniikka-ala tuntui tulevaisuutta ajatellen loistavalta.
Kesäaikaan pojat pelasivat ruokatunnilla lentopalloa tehtaan takapihalla ja Marja oli usein katsomassa Leenan kanssa. Pojat taas katselivat tyttöjä ja pyysivät heitä mukaan. Leena meni rohkeasti pelaamaan, mutta Marja tyytyi vain katsomaan.

Syksyllä työväenopistossa alkoi koneenpiirustuskurssi ja Leena pyysi Marjaa mukaansa sinne. "Sitten voi päästä vaikka piirtämöön töihin. Se olisi aika hienoa. Olis oikein ammattilainen." Tuumi Leena. Niinpä tytöt ilmoittautuivat kurssille. Kurssi oli kerran viikossa kaksi ja puoli tuntia kerrallaan.
Siellä he opettelivat tekemään kuvia rattaista, pulteista ja kaikenlaisista osista. Tehtiin poikki leikkauksia ja piirrettiin mittaviivoja. He opettelivat käyttämään tussikyniä ja tekstaamaan standardien mukaista tekstiä. Leena väsähti ja alkoi olla poissa tunneilta ja sitten, kun hän palasi takaisin, oli hän jäänyt niin paljon jälkeen, että katsoi parhaimmaksi lopettaa.

Marja ihmetteli, miten Leena tuntui muutenkin olevan kuin muissa maisemissa. Olihan hän kyllä kertonut aikaisemmin, että hän seurusteli Heikin kanssa. Heikki oli sekatavarakaupassa apulaisena ja asui alivuokralaisena kaupan yläkerrassa ja sinne Leena usein iltaisin suunnisti.

Marja ei voinut kuvitella alkavansa seurustella poikien kanssa, mutta Leena vakuutteli, että se oli ihanaa ja kyllä hän onnelliselta oli vaikuttanutkin, mutta nyt hän oli muuttunut oudoksi. Oli pahoinvoiva ja väsynyt eikä entisestä iloisesta Leenasta ollut tietoakaan.

Sitten Leena kertoi odottavana vauvaa, ja että Heikki oli luvannut viedä hänet vihille, mutta Heikin vanhemmat olivat kovasti liittoa vastaan. Olivat sanoneet, että poika pilaa elämänsä ja olisi parasta päästä tytöstä eroon. Nuoret kävivät papin puheilla, mutta ei heitä voinut vihkiä, kun ei vanhemmilta oltu saatu lupaa.

Leena muutti Heikin pieneen hellahuoneeseen ja alkoivat elää avioelämää. Parin kuukauden päästä vanhemmilta vihkilupa irtosi ja niin pariskunta pääsi kunnon kansalaisten kirjoihin. Leena jatkoi töitä tehtaalla ja Marja seurasi sivusta miten raskaus kehittyi.

Marja kävi piirustuskurssin loppuun saakka ja sai hyvät arvostelut.

26. luku

Talvi meni nopeasti ja tuli kesä ja ensimmäinen kesäloma. Marja lähti käymään kotitalossaan. Paljon oli muutoksia tullut. Alma oli vanhettunut, eikä katsonut Marjaa ollenkaan silmiin. Eino virnisteli pilkallisesti ja toivotteli emännän tervetulleeksi katsomaan tiluksia. Pellot oli pantu viljalle ja riihessä majaili suuri leikkuupuimuri. Navetta oli tyhjillään ja kanalassa vain muutama kana. Marjan yrttiviljelmät olivat rikkaruohojen vallassa eikä suurta kasvimaata oltu kunnostettu ollenkaan.

Marja lähti tapaamaan Elsaa, joka oli taas odottamassa teekuppeineen. "Miten siellä kaupungissa on sujunut?"
"Olen käynyt töissä tehtaalla ja iltaisin olen opetellut piirtämistä. Vuokrarouvan kanssa olen pärjäillyt kohtalaisesti. Hän kuitenkin tuntuu lisäävän tehtäväkseni töitä aina vaan enemmän ja enemmän. Lisäksi hän käy penkomassa tavaroitani, mutta en ole uskaltanut sanoa mitään. Välillä olen ajatellut muuttaa sieltä pois, mutta sitten taas tuntuu, etten uskalla."

"Muutos tarvitsee aina energialatingin.
Mene itseesi ja etsi sellainen olotila, että
pääset syvemmälle sisällesi ja tiedosta,
mitä todella haluat."
Marja sulki silmänsä. Hengitti kolme
kertaa syvään sisään ja ulos. Sitten hänen
eteensä avautui ihmeellinen maisema. Oli
sinisiä puita, joissa roikkui kultaisia
omenoita. Sitten yhtäkkiä puut muuttuivat
kuiviksi käppyröiksi ja tuli poltti ne poroksi.
Maa oli harmaan tuhkan peitossa josta
alkoi kasvaa vihreitä kirkkaita ruohoja.
Ruohojen jälkeen puut kasvoivat täyteen
mittaansa ja linnut lauloivat oksistossa.
Taivas oli kirkas ja ilma raikasta.
Marja avasi silmänsä ja oli hämmästynyt.
" Mitäs tämä nyt oli. Näin ihanan
satumetsän joka kuivui ja paloi poroksi.
Sitten uudet ruohot ja puut kasvoivat ja
ilma oli raikasta ja linnut lauloivat."
"Se oli selkeä kuvaus sinusta. Menneet
haaveet ovat palaneet poroksi, mutta
tuhkasta saavat uudet rakenteet
ravintonsa ja voit jatkaa eteen päin. Sinä
itse voi määrätä suunnan."
"Haluaisin palata tänne takaisin, mutta
Eino pitää nyt taloa kuin omanaan ja Alma
ei katso edes silmiin. Se on
vanhettunutkin ihan kamalasti. Mikä lie
silläkin vaivana. Tuntuu, että naapurit

pitävät minua outona. Kaikki katselevat minua kuin vähäjärkistä. Oletko kuullut, mitä ne takanapäin oikein juoruavat?"

"Juorut ovat juoruja, eikä niitä kannata kuunnella. Sinulla on oikeus tulla takaisin ja ruveta viljelemään yrttejäsi. Nyt on hyvä aika alkaa valmistella seuraavaa vuotta. Maa pitää kitkeä ja vanhat hyvät taimet kaivaa esiin. Niistä saat alut uudelle kasvimaallesi. Mitä Almaan tulee, aika näyttää, mitä hänellä on sinulle kerrottavaa. Suhtaudu häneen vain kuinka vanhempiin ihmisiin tapaat suhtautua. Rakastavainen käytös ja kohtelu häntä kohtaan on nyt itsellesi parasta, mitä voit tehdä."

Kotiin palatessaan hän kävi katsomassa taikapuutaan. Se näytti kasvaneen hyvin. Sen tummat lehdet erottuivat jo pitkälle. Marja silitteli sen oksia ja tunsi kuinka voimakas virtaus kulki puusta häneen.

Marja perkasi kasvimaata ja istutti uusia yrttejä. Hän hoiteli emännän virkaa ja Alma pääsi nyt vähemmällä. Hän kuitenkin karttoi Marjan seuraa. Matkusti sukuloimaan ja kävi kaupungissakin pari kertaa.

Eräänä päivänä kaupassa käydessään hän tapasi Tuulan. Tuula oli jotenkin vaivautuneen oloinen. Marja kyseli kuulumisia, mutta Tuula vastaili pidättyväisesti. Sitten Marja kysyi rohkeasti, oliko tämä kuullut juoruja hänestä, kun sellaisia on kuulemma liikkeillä. Silloin Tuula vapautui ja alkoi kertoa: " Kylällä puhutaan, että sinulle oli käynyt huonosti viime kesänä ja että olit käynyt synnyttämässä Tanskassa ja olisit saanut hyvät rahat vauvasta. Kerrotaan myös, että olisit ollut kaikenlaisten kulkumiesten petikaverina ja nyt olisit sekaisin päästäsi ja saisit hoitoa kaupungissa."

Marja kalpeni. "Vai sellaista kerrotaan. Nuo jutut ovat kuitenkin silkkaa valetta. Viime kesänä yhtenä yönä Eino tuli kamariini ja raiskasi minut. En tiedä, oliko iltateessä jotain huumaavaa ainetta, tunsin oloni kamalan väsyneeksi ja nukahdin täysissä pukineissa sänkyyn, Sitte yöllä heräsin, kun Eino oli kimpussani. En mahtanut mitään. Seuraavana päivänä menin Elsan luo. Käytiin me poiisiasemallakin kertomassa, mutta ei ne ottaneet uskoakseen. Kävivät Einoakin kuulustelemassa ja sen jutut olivat niistä uskottavampia. Sitten hain töihin kaupunkiin ja siellä mä olen pakertanut koko vuoden. Olen radiotehtaalla töissä ja asustan yhden leskirouvan hyyryläisenä.”

”Joo, en mä kaikkia juttuja usko, mutta äiti sanoi, etten saisi olla sun kanssa tekemisissä. Musta tuntuu kauheen kurjalta.”

”Elsa kehotti mua silloin jäämään tänne ja kohtaamaan kaikki jutut heti, mutta musta oli parempi lähteä pois. Olis kuiteski ollu parempi jäädä. En ole lasta saanu, enkä kenenkään muun kuin Einon kanssa maannu. Se on mua kosinu ja haluais mennä naimisiin, mutta en mä siitä välitä.”

”Eiks sun kuitenki kannattais. Pääsisit rouvan kirjoihin.”

”Haluisitko ite olla sen kanssa?”

”No enpä kyllä, mutta on varmaan kauheeta, kun kaikki katsoo pitkään ja supisee takana päin:”

”Joo, eipä kivalta tunnu.”

”Kerrotaan, että Juusokin oli käyny sun aitassa. Se lähti Ruotsiin pian sen jälkeen, kun sen isä saapui takaisin ja ajoi Juuson hommaamat vuokralaiset pois. Juuson äiti kituu vielä sairaalassa, eikä taida enää kauaa elää. Nyt mun täytyy lähteä, alkavat muuten ihmetellä, minne olen jäänyt.

Marja käveli kotiinsa allapäin. ”Vai sellaisia juttuja. Elsa oli ihan oikeassa, mutta tehty mikä tehty.”

Marjan kesäloma oli lopuillaan. Välillä hän olisi halunnut jäädä maalle kokonaan, mutta kun hän ajatteli kaikkia niitä juoruja, mitä Tuula oli kertonut päätti hän palata kaupunkiin. Olihan häntä odottamassa tuttu työpaikka ja asunto. Olo täällä maalla tuntui ahdistavalta.

Eino oli ottanut nyt toisenlaisen asenteen. Hän oli Marjaa kohtaan hyvin ystävällinen ja jopa pyyteli anteeksi menneitä tapahtumia, mutta Marjasta tuntui, ettei hän tosissaan katunut ja että tämä kaikki oli vain teatteria. Alma oli alakuloinen ja vältteli Marjaa.

Marja oli ystävällinen ja toimitteli arkiaskareita parhaan taitonsa mukaan, mutta syvällä sisimmässään hän tunsi olonsa vieraaksi talossa, jonne oli majoittunut muitakin Einon sukulaisia.

Mantan entiseen huoneeseen oli muuttanut Einon serkku vaimoineen muka kotiavuksi, mutta pariskunta oli laiskansorttista ja käyttivät häikäilemättä hyväkseen talon antimia.

27. luku

Marja palasi takaisin kaupunkiin. Vuokraemäntä oli käynyt järjestelemässä Marjan huoneen uuteen järjestykseen ja pakannut Marjan tavarat valmiiksi pahvilaatikoihin.

"Ai, tulitkin takaisin. Minä olen kyllä vuokrannut tämän huoneen seuraavalle."

"Mutta olenhan maksanut vuokran kuun loppuun, Mitä oikeutta teillä on koskea tavaroihini?"

"Huone on minun omaisuuttani, joten ota kamppeesi ja vie ne muualle."

Marja säikähti. Minne hän nyt yhtäkkiä voisi mennä. Sitten hän muisti Annan, joka asui kahden muun tytön kanssa lähistöllä, ja lähti häntä tapaamaan.

Marja kertoi, miten hänen asunnolleen oli käynyt ja kysyi voisiko hän tulla tavaroineen pariksi päiväksi kyläilemään.

"Voit tulla vaikka asumaan. Kaija on päättänyt jäädä kotiinsa maalle ja täällä on nyt pieni huone vapaana. Voit muuttaa vaikka heti. Voin lähteä sinulle avuksi. Eihän sinulla kuitenkaan paljoa tavaroita ole. Lainataan talkkarilta kottikärryt, niin saadaan muuttokuorma tuotua."

Niin tytöt menivät kottikärryjen kanssa hakemaan Marjan tavaroita.

Samaan aikaan oli uusi asukas käymässä leskirouvan luona. Rouva oli juuri selittämässä uudelle asukille tehtäviä, joita hänen tulisi tehdä asunnossa vuokran lisäksi. Uusi tulokas ei näyttänyt olevan enää kiinnostunut koko vuokrasuhteesta, vaan oli perumassa kauppojaan.

"Kyllä Marja voi vielä jäädäkin." Hän sanoi Marjalle.

"Kiitos vain tarjouksesta, mutta olen jo saanut uuden asunnon. Tässä on avain." Marja ojensi avaimen rouvalle, joka ei ensin ollut uskoa tapahtumaa todeksi. Sitten hän suuttui ja alkoi sättiä Marjaa. "Senkin huora, minne luulet joutuvasi, kun kukaan ei ole sinua vahtimassa. Kerron tämän kaiken Einolle. Ei sinulla ole oikeutta noin vain häipyä."

Tytöt kantoivat pahvilaatikot kärryihin.

Nyt Marjalle alkoi kuvio hahmottua. Eino oli kaiken nuuskimisen takana ja tämä uusi käänne asumisessa ei ollut muuta kuin veruke, jotta Marja saataisiin ahtaammalle ja palaamaan kotiin.

Tytöt veivät muuttokuorman parin kadunkulman päähän, missä Marjan uusi asunto sijaitsi.

Huoneisto oli pieni kaksio. Oli eteinen. Siitä pääsi suoraan pikku huoneeseen, joka oli nyt Marjan valtakuntaa. Eteisestä pääsi kylpyhuoneeseen ja olohuoneeseen, missä asustivat Anna ja Sirpa. Olohuoneesta pääsi keittokomeroon ja ulkoseinällä olevalle parvekkeelle.

Vuokra oli kohtuullinen ja Marja maksoi melkein puolet koko vuokrasta, sillä hänellä oli oma huone ja lisäksi hän sai käyttää keittokomeroa vapaasti.

Marja tunsi olonsa helpottuneeksi ja Anna ihmetteli, mitä se entinen vuokratäti oli puhunut.

”No joo, Siellä kotipuolessa sattui semmoinen juttu, että se mun edunvalvoja Eino tuli yks yö mun huoneeseen ja raiskasi mut. Sitte se halus mennä mun kanssa naimisiin. Se haluais pitää koko talon omanaan, mutta mä en kyllä moiseen suostu. Kylällä kaikki tietää jutusta ja tarinoihin on lisätty vaikka mitä. Toiset kertoovat, että olen käynyt myymässä vauvan Tanskassa ja toiset, että olen tehnyt abortin ja ovat tietävinään että kamarissani on käynyt vaikka ketä. Siellä mua katsotaan pitkään, mutta en mä mikään huora ole. Ennen aina pidin oven lukossa, mutta sinä iltana teen jälkeen tulin kauhean uniseksi ja rojahdin vaatteet päällä sänkyyn. Sitte kun heräsin oli Eino kimpussani. En mahtanu sille mitään."

"Etkö menny poliisin juttusille."

"Meninhän mä Elsan kanssa seuraavana päivänä, muttei mua otettu oikein tosissaan. Se vallesmanni on Einon kavereita ja Eino oli käynyt kertomassa oman versionsa asiasta ja niin asia jäi siihen. Eino rehvasteli kylällä tekosistaan ja mulla maine meni sen siliän tien. Tässä mä nyt oon niinku pakosalla."

"Älä nyt tommoisista välitä. Miehet on sikoja, eikä niiden jutuista tartte murehtia."

Anna oli samassa tehtaassa kuin Marjakin. Hän juotteli komponentteja taitavasti nauhan ääressä. Välillä hän kävi iltatöissä läheisellä vaippatehtaalla. Siellä tarvittiin tilapäisapua pakkauspuolella. Sieltä sai vähän lisätienistiä.

Radiotehtaalla oli joskus myös kiirettä ja jouduttiin tekemään ylitöitä. Niistä sai mukavasti lisäansioita. Kerran työnjohtaja pyysi Marjaakin jäämään. Marja oli mielissään, Hän teki muutoksia levyihin, kun työnjohtaja tuli aivan hänen viereensä ja alkoi hivuttaa kättään hänen hartioidensa ympäri. Silloin Marjan sisällä kuohahti ja hän potkaisi kaikin voimin miestä puusandaalilla sääreen. Marja säikähti tekoaan. "Antaako se mulle nyt potkut." Marja ajatteli hädissään. Työnjohtajan silmät tummuivat, mutta ei hän sanonut mitään. Lähti vain vihaisena eteenpäin. Toista kertaa ei häntä ylitöihin pyydetty.

Illalla hän kertoi tapauksesta Annalle. "Joo, se on sellainen. Kun mä olin ylitöissä se halusi välttämättä kokeilla mun vatsanahkaa ja vähän muutakin. Ei siitä tarvi välittää."

Sirpa työskenteli ravintolassa. Hän oli kylmäkkö. Hänellä oli usein iltavuoro ja niin Marja ja Anna olivat kahdestaan asunnolla. Sirpa taasen usein nukkui puolillepäivin yövuoronsa jälkeen.

Marja tunsi itsensä paljon vapautuneemmaksi ja iloisemmaksi. Hän meni koneenpiirustuksen jatkokurssille ja tutustui muihin kurssilaisiin. Siellä oli poikia, joiden tähtäimessä oli myös teknillinen kuten tehtaassa työskentelevillä. Joukossa oli pari vanhempaa miestä, jotka olivat töissä konepajalla ja muutama tyttö, jotka haaveilivat puhtaaksipiirtäjän toimesta. Kurssilla opeteltiin tekemään poikkileikkauksia ja luettiin kaikenmoisista

standardeista, jotka Marjasta tuntuivat
vaikeilta.
Vuosi kului nopeasti. Kesälomansa hän
vietti kotitilalla, mutta palasi takisin
kaupunkiin tuttuihin hommiinsa.
Piirtäminen sujui Marjalta helposti ja hän
alkoi katsella työpaikkailmoituksia. Eräänä
päivänä hänen silmiinsä osui sähköfirman
ilmoitus, missä haettiin puhtaaksipiirtäjää.
Marja kirjoitti hakemuksen ja pääsi
haastatteluun. Mukanaan hänellä oli pari
kurssilla tehtyä kuvaa. Insinööri, joka
häntä haastatteli kyseli, missä hän asui ja
millaisia töitä oli tehnyt. Ihmetteli vähän
hänen nuorta ikäänsä, mutta tuli
vakuuttuneeksi, että tyttö tekisi työnsä
kunnolla ja voisi tulla töihin ensi kuussa.
Marja oli innoissaan ja kertoi Annalle
tapahtumista.
"Ai tulee susta oiken konttorilainen.
Mahdatko sitte enää tällaisia duunareita
tunteekkaan."
"Voi voi, En mä miksikään muutu, mutta
minusta tuntuu, että viihdyn siellä
paremmin kuin tehtaalla ja kun olen nyt
käynyt niitä kurssejakin."

28 luku

Oli toukokuu. Marja oli ollut uudessa työpaikassaan jo pari kuukautta

Hänellä oli iso työpöytä ja toisella puolella piirustuslauta koneineen. Piirustuskone helpotti kovasti tekemistä, kun vertasi sitä kursseilla käytettyihin T-viivaimiin ja astelevyihin. Hän oli nyt puhtaaksipiirtäjä. Oikein ammattilainen!

Marjaa oli ensin jännittänyt kovasti uuteen paikkaan siirtyminen, mutta nyt hän alkoi jo rentoutua, kun oli saanut vähän kehumisia töistään.

Hänen pöytäänsä vastapäätä oli toinen samanlainen työpiste, jonka ääressä työskenteli Kirsti. Hän oli ollut piirtämössä jo muutaman vuoden, mutta nyt hän oli jäämässä äitiyslomalle. Hän oli ystävällinen ja iloinen nuori nainen. Hän kertoi miehensä olevan automekaanikkona läheisellä huoltamolla. Niinpä sitten monet firman insinöörit kävivät huollattamassa autonsa siellä, kun tiesivät, että kaikki tulee tehtyä kunnolla. He muistivat aina kysyä Kirstiltä, milloin hänen miehelleen sopisi hoitaa homma ja Kirsti tietenkin kertoi asiat eteenpäin.

Eräänä aamuna Kirsti ei tullutkaan töihin. Iltapäivällä hän soitti Marjalle, että hän on siraalassa ja joutuu jäämään sinne sisään. Seuraavana päivänä hän soitti taas ja kertoi synnyttäneensä pienen pojan. Firmassa pantiin keräys toimeen. Ostettiin vauvalle potkupuku ja äidille kukkia. Marja kävi kahden muun naisen kanssa viemässä tuliaiset sairaalaan. Kirsti oli kovasti otettu ja kiitteli. Sitten he kävivät ihastelemassa pientä kääröä ikkunan takaa. Marja ajattele mielessään: "Mä en varmaan saa koskaan kokea tuollaista." Hänestä tuntui jotenkin haikealta.

Nyt hän joutui tekemään kovasti töitä välillä iltaisinkin ja joskus myös viikonloppuina. Työpaikalla olivat normaalisti lauantait vapaita toisin kuin tehtaalla.

Parina viikonloppuna hän oli käynyt kotitalossaan. Taloon oli muuttanut Einon toinen serkku vaimonsa kanssa. He asuivat äidin entisessä makuuhuoneessa. Eino kertoi, että tarvitaan vähän lisää työvoimaa. Alma oli vaitonainen ja alakuloisen näköinen.

Marja hoiteli kasvimaita. Kylvi juurikasveja ja tietenkin ruokkosi rakasta yrttimaataan. Eino oli kylvänyt pellot viljaa kasvamaan. Marjaa ihmetteli, mitä apuvoimaa hän tarvitsi.

Kesälomaa Marja ei saanut kuin viikon, kun oli vasta tullut töihin. Sillä viikolla hän kävi seurantalolla iltamissa ja meni rohkeasti tansseihinkin. Ihmiset katsoivat häntä tarkasti. Marjasta tuntui, että he suorastaan porautuivat silmillään hänen nahkojensa sisälle. Muutama poika tuli häntä hakemaan tanssiin, mutta heidän kosketuksensa ei tuntunut hyvältä. Hänestä tuntui, että he pitivät häntä jonkinmoisena lihapalana, joten hän lähti ulos talosta.

Silloin pihaan saapui kiiltävä punainen Volvo auto ja Juuso astui siitä ulos. Toisesta ovesta ilmestyi vaalea hyvin meikattu siro tyttö. Marjan ja Juuson katseet kohtasivat, mutta Juuso siirsi katseensa nopeasti sivuun. Tervehti hän kuitenkin pikaisesti ja talutti blondin sisälle. Marja käveli hiljalleen kotiinsa.

Syksy oli sateinen ja tuulinen. Viljaa meni lakoon isolta alalta. Tuli katovuosi. Marja kävi kysymässä eräältä torimyyjältä olisiko hän kiinnostunut yrteistä ja juurikkaista. Ne olivat kasvaneet hyvin. Niin hän sai osan sadostaan myyntiin kaupunkiin. Ei niistä paljoa rahaa tullut, mutta Marja tunsi itsensä tyytyväiseksi. Hän alkoi ajatella, kuinka voisi alkaa viljelemään luomutuotteita.

Eino taas oli päättänyt panna pellot kesannolle. Nythän peltojen paketoinnista sai hyvät rahat, eikä tarvinnut tehdä mitään. Katokorvausten saamiseksi piti kyntää ja kylvää kuten tänä vuonna.

Marja eleli kaupungissa, mutta hän ajatteli haikeana, kuinka voisi muuttaa takaisin kotiinsa. Häntä huolestutti Einon touhut ja mitä ne vieraat ihmiset siellä oikein tekevät.

"Ensi syksynä täytän 21 vuotta ja olen täysi-ikäinen ja pääsen määräämään asioistani."

Saa nähdä millaiset sotkut minua odottavat. Nyt minulla on kuitenkin ammatti ja voi elättää itseni täällä kaupungissa, jos asiat menevät ihan sekaisin. Samalla hänen mielessään kulkivat kuvat kotimetsästä.

29. luku

Vuosi oli mennyt nopeasti ja oli taas kevät.

Raimo soitti ovikelloa. Heillä oli treffit.

"Mennäänkö elokuviin?" Raimo kysyi.

"Kävellään mieluummin."

Niin he lähtivät kulkemaan puiston läpi rantaa kohti. Ilma oli lempeä ja kuulas. Linnut olivat äänessä ja hiekka ratisi askelten alla.

Pikkuhiljaa Raimo pujotti kätensä Marjan hartioiden ympäri. Marja säpsähti kosketusta. Jotenkin hänestä se tuntui vastenmieliseltä ja hän venkoili itsensä irti.

"Mikäs sulle nyt tuli? Etkös sä olekaan mun kultani?"

"En mä vaan tiedä. Tuntuu, ettei kaikki ole kohdallaan."

Raimo otti uudestaan kiinni ja nyt paljon lujemmin.

"Kyllä säkin varmaan haluat. Mennään tonne mun kämpille."

Nyt Marja kauhistui entisestään. Hän otti Raimon sormesta kiinni ja alkoi vääntää kaikin voimin. Raimo hellitti otteensa ja viha nousi pintaan.

"Senkin huora. Mikä sä luulet olevasi. Tollanen nirppanokka. Olen mä kuullu juttuja sun kotipuolesta, kuinka siellä sun kammarissa kävi kova sutina. Mikäs sulle nyt on tullu. Tiedetäänhän se. Kerran huora, aina huora. Voisit olla vähemmän koppava.”

Marjan silmät täyttyivät kyynelistä.

”Tätäkö tämä olikin.” Viimeaikoina monet kaverit olivat pyydelleet häntä ulos. Hän oli aiemmin ollut enimmäkseen yksikseen, mitä välillä Annan kanssa oli käynyt tansseissa ja joidenkin kavereiden kanssa elokuvissa tai kävelemässä, mutta ei sen kummempaa. Aina, kun oli alkanut tuntua, että kaveri alkoi muuttua läheisemmäksi, oli hän katkaissut suhteen. Mutta nyt, tuntui kuin poikia olisi riivannut jokin. Hän oli huomannut, että monet entiset hänen kavereistaan olivat alkaneet vältellä häntä, mutta vastapainoksi oli tullut tällaisia uusia tuttavia, jotka ehdottelivat elokuvia ja kävelyitä. Kuitenkin Marjasta tuntui, että heillä oli jotain muuta mielessä.

”Nythän tämä selvisi. Joku on levitellyt juoruja kotipuolesta.” Hän ajatteli.

”Kuka sulle on kertonut tollasia valeita? Ei mulla mitään sutinoita ole ollut. Kerran kyllä holhooja tuli kimppuun, mutta mut oli jotenkin huumattu, enkä voinut mitään.”

”Kunhan nyt puhut. Moni poika on kertonut ihan muuta. Siellä maalla taitaa olla ihan kova meininki. Sellaiset siitosorit siellä temmeltää. Kyllä sä voisit mullekin antaa." Niin hän otti taas Marjasta kiinni .

Marja oli järkyttynyt, mutta nyt hän ei lamaantunut, vaan sai jostakin lisäenergiaa ja riistäytyi irti ja lähti juoksemaan. Onneksi vastaan käveli ihmisiä. Marja rauhoittui ja Raimo luikki tiehensä.

Marja oli taas huoneessaan ja ajatteli tulevaisuuttaan. Pitäisikö hänen muuttaa jonnekin muualle
toiseen kaupunkiin tai lähteä vaikka Ruotsiin, niinkuin Juusokin oli tehnyt.

"En kyllä osaa kieltä, mutta onhan siellä paljon suomalaisia. Kait siellä tekevälle töitä riittää."

Hän ajatteli Juusoa. Kuinka hyvältä Juuson kosketus olikaan tuntunut verrattuna Einoon ja näihin kaupunkikolleihin. "Varmaan sekin oli kuullut noita juoruja ja uskonut niihin. Olkohan se mennyt naimisiin sen blondin kanssa. Mä en kyllä ikinä ala kulkemaan kenenkään miehenpuolen kanssa." hän ajatteli.

30. luku

 Kevät oli jo pitkällä. Marja istui huoneessaan ja kutoi sukkaa. Ajatukset risteilivät hänen päässään. "Kuinka katalia ihmiset voivat ollakaan. Kuinka toisen arvo on nolla ja hänelle voi tehdä mitä vaan." Silmukka putosi puikolta. "Mikä minua nyt vaivaa, kun olen näin hermostunut. Nyt minun täytyy rauhoittua, muuten en saa yöllä nukuttua." Hän laittoi kutimen syrjään ja meni keittiöön keittämään vettä.Hän valmisti teen Elsalta saamistaan yrteistä ja joi sen polakkaviipaleen kera, mutta tunne ei siitä laantunut. Lisääntyi vain.

 "Miten tunnen olevani kauhean vihainen." Niin hän alkoi siivota. Tuokiossa huone oli siisti, mutta viha piti hänen mielessään valtaa yhä ja tuntui vain kasvavan.

 "Nyt voisin käydä vaikka lyödä jotakin". Hän ajatteli. Puki päälleen ulkoiluvaatteet ja lähti lenkille. Hän aloitti hiljalleen hölkätä, mutta vauhti parani kaiken aikaa ja hengitys muuttui läähättäväksi. Ylämäki meni kevyesti ja alamäet hän loikki pitkin harppauksin.

 Alkoi olla hämärää, kun hän saapui lammen rannalle ja istahti hikisenä penkille. Samassa jokin hahmo lähestyi

häntä hämärässä. Marja hämmästyi
kovasti tuntiessaan tulijan Elsaksi. Mitä
hän täällä tekee tähän aikaan.

Elsa istahti hänen viereensä ja otti
häntä kädestä kiinni.

Silloin Marja tunsi taas suurten
kyynelten putoilevan silmistään.
Tunnekuohu ravisteli hänen kehoaan. Hän
itki isoon ääneen ja Elsa vain oli hiljaa
vieressä ja piti hänen kädestään kiinni.

Lopulta Marja niisti nenänsä ja kysyi:
"Kuinka sinä täällä olet näin keskellä
yötä?"

"Tulin auttamaan sinua. Sinulla on ollut
varmaankin vähän outo olo tänä iltana."

"Kyllä todellakin. Kutimesta alkoivat
silmukat putoilla ja tulin kamalan
vihaiseksi. Mikään ei auttanut, ei tee eikä
rauhoittavat ajatukset. Siivosinkin
hätäpäissäni, mutta sitten oli pakko lähteä
juoksemaan ja tässä nyt ollaan. Sinäkö
tämän sait aikaan?"

"Mitä nyt vähän avitin." naureskeli Elsa.

"Nyt kuitenkin on aika toimia. Olen
tilannut ajan asianajajalle, joka saa ruveta
hoitamaan asioitasi. Tämä samainen mies
on hoitanut vanhempiesikin asioita ja
hänellä on kirjekuori sinulle sitten kun tulet
täysi.ikäiseksi. Nyt kuitenkin talon asiat
ovat sellaisella mallilla, että on pakko

toimia nopeasti. Tule aamulla tähän osoitteeseen" ja Elsa antoi Marjalle asianajajan käyntikortin.

Aamulla Marja kampasi tukkansa huolellisesti. Pani paremmat vaatteet ylleen ja lähti kävelemään saamaansa osoitteeseen. Elsa oli odottamassa talon ulkopuolella. He menivät hissillä neljänteen kerrokseen ja soittivat ovikelloa. Vanhahko harmaatukkainen mies avasi oven ja pyysi heitä peremmälle. Sitten he istuutuivat asianajajaa vastapäätä jyhkeän kirjoituspöydän ääreen.

Elsa alkoi esittää heidän asiaansa. "Tässä on Marja, jolle on kirje täällä toimistossa. Hän tulee kohtapuolin täysi-ikäiseksi, jolloin kirjeen saa avata. Nyt kuitenkin edunvalvoja on käyttänyt talon omaisuutta omiin tarkoituksiinsa ja on ilmeisesti tekemässä lisää vahinkoa tässä lähikuukausina, niin että suurempien vahinkojen välttämiseksi olisi parempi aloittaa vastatoimet hetimiten.

Einon äiti on ollut huonossa kunnossa ja hän on tullut tunnonvaivoihin. Hän pyysi apuani ja samalla hän kertoi, kuinka hän oli laittanut joitain tippoja, joita Eino oli tuonut kaupungista, Marjan juomaan ja tämä oli huumaantunut. Sitten Eino oli raiskannut Marjan. Hän oli ajatellut, että siten Marja suostuisi hänen vaimokseen. Oli oikein kosinut seuraavana aamuna, mutta saanut rukkaset.

Me kävimme tekemässä poliisille rikosilmoituksen tapahtumasta, mutta ei meitä otettu tosissaan. Vallesmanni oli Einon kavereita ja kehotti sopimaan asian keskenään. Kuulusteli Einoakin, joka valehteli Marjan itse halunneen ja kun ei pahoinpitelystä ollut jälkiä jäi asia sikseen.

Nyt kylälle on tullut uusi poliisimies, joka voisi tutkia asian uudelleen. Almaa voisi myös kuulla. Tosin hän pelkää Einoa, mutta toisaalta hän on uskovainen ihminen ja asia painaa häntä kovin. Lisäksi Eino on puhunut hänelle, että syksyllä he muuttavat omaan taloon naapurikuntaan. Rahat hän on luultavasti siirtänyt Marjan perintötalosta, sillä hän oli köyhä mies taloon tullessaan. Olen kuullut kerrottavan, että hän on myynyt viime aikoina paljon puutavaraa ja maatalouskoneita.

"Jaha," tuumi asianajaja. "Tämähän näyttää mutkikkaalta."

Asianajaja ehdotti, että he kävisivät poliisiasemalla puhumasta raiskauksesta ja uusista ilmenneistä käänteistä asiassa. Saisivatko he Alman puhumaan tietonsa viranomaisille. Hänenhän pitäisi nyt puhua poikaansa vastaan. Lisäksi poliisin pitäisi alkaa tutkia viimeaikaisia taloa koskevia asiakirjoja.

Naiset poistuivat toimistosta ja Marja tunsi olevansa aivan pyörällä päästään.

"Nyt minun pitää mennä töihin, mutta pyydän huomisen vapaaksi. Silloin voimme mennä poliisin juttusille."

"Odotan sinua poliisilaitoksen edessä kymmenen maissa."

31. luku

Marja oli saanut vapaapäivän töistään ja matkusti kotikylälleen. Elsa oli jo odottamassa häntä ja niin he menivät poliisiasemalle.

He selittivät tapahtumia ja poliisimies kuunteli tarkkaavaisena. Hän kaivoi esiin vanhan rikosilmoituksen ja tutki sitä. Katsoi välillä Marjaa silmiin ja oli mietteliäs.

"Asian voi tietenkin ottaa uuteen käsittelyyn, jos uusia todisteita ilmenee. Nyt nämä teidän todisteenne vaikuttavat aika epämääräisiltä virallisesti katsottuna. Pitäisi saada jotain konkreettisempaa. Olisiko tämä Alma halukas todistamaan poikaansa vastaan. Sitä hänen ei ole lain mukaan pakko tehdä. Hän on kuitenkin tehnyt rikoksen, josta hänen tulee itse vastata.

Talon omaisuuden hävittäminen on taas Einon toimintaa, josta myöskään ei ole todisteita. Täytyisi tutkia talon paperit."

"Ne varmaan löytyvät pankista. Sinne ne talletettiin." Muisteli Marja. Olen vielä pari kuukautta alaikäinen ja luulen, että Eino yrittää saada asiansa hoidettua ennen synttäreitäni."

"Voittehan te laittaa asianajajanne
pankkiin tutkimaan tilannetta. Hän on
sinun edustajasi ja täysivaltainen
selvittämään asiaa. Samoin voitte haastaa
Alman oikeuteen vastaamaan
rikoksestaan."

Asianajaja ryhtyi töihin. Hän kävi
tarkastamassa talon tilit ja huomasi kuinka
sieltä oli rahaa siirretty Einon tilille suuria
summia ja kun tutkittiin Einon tilejä
huomattiin, että metsäyhtiö oli maksanut
puukaupasta saadut rahat Einon tilille.
Eino oli myös maksanut käsirahan eräälle
naapuri- kunnassa olevalle tilalliselle,
aivan kuin Eino olisi ostamassa tilaa.
Lisäksi Einon sukulaisille oli maksettu
reilua palkkaa samoin kuin Almalle.
Lisäksi Eino oli nyt panttaamassa taloa
suuren lainan vakuudeksi. Sitä ei vielä oltu
myönnetty, mutta asia näytti selvältä.
Poliisi alkoi tutkia talon tapahtumia.

Parin viikon päästä Marja meni käymään
kotonaan. Alma oli poissa tolaltaan. Hän
oli säikähtänyt poliisin käynnistä ja
tunnustanut tälle sekoittaneensa Marjan
juomaan jotain ainetta, mutta ei hän
mitään pahaa ollut tehnyt. Oli hän
kertonut, että oli kuullut Einon kosivan

Marjaa seuraavana aamuna, mutta ei hän muusta tiennyt. Eikä hänellä ollut tietoa mitä ne tipat olivat olleet. Eino oli sanonut niitä vitamiineiksi.

Kun Alma näki Marjan hänelle tuli huono olo ja hän alkoi pidellä rintaansa. "Älähän nyt ota noin raskaasti. Onko sinulla kanferia kaapissa. Marja etsi tippoja ja laittoi Alman pitkälleen. Sitten hän huomasi nitropurkin lääkekaapissa ja laittoi tabletin Alman kielen alle ja kohta tämä alkoi virota.

"Täällä kaikki on nyt sekaisin. Eino on ollut muuttamassa naapurikunnan puolelle. Hän on ostanut sieltä talon meille. Onhan hänellä ollut täällä hyvä palkka ja minultakin hän on saanut rahaa."

"Ei kyllä pelkillä edunvalvojan tienisteillä taloja ostella." Tuumi Marja ja lähti pois talosta. Hän ei jäänyt odottamaan Einon tulemista. "Miksi en uskalla kohdata häntä silmästä silmään." hän ajatteli.
Sitten hän muisti taikamakeiset, joita hänellä oli nytkin taskussaan. Hän otti yhden ja palasi takaisin.

Vähän ajan päästä Eino ilmestyi tupaan. Hän oli vihainen ja alkoi purkaa kiukkuaan.

"Mitä sä huora olet mennyt tekemään. Minäkö muka olen sulta jotain ryövänny.

Itse olet humputellut pitkin kyliä ja kaupunkeja ja toiset ovat täällä raataneet puolestasi. Nyt sitte olet tulossa rohmuamaan kaiken, mitä toiset ovat saaneet aikaiseksi. Kyllä mä vielä sulle näytän." Hän räyhäsi, mutta kun hän kohtasi Marjan katseen alkoi hänestä tuntua oudolta ja hän perääntyi pari askelta. "Yritätkö noitua minut. Olet taas ollut sen noita-akan kanssa. Voin haastaa sinut oikeuteen. Tuollaiset noidat pitäis polttaa roviolla kuten ennenkin tehtiin. Olen hoitanut taloa niin hyvin kuin vain voi, mutta kadot ja kaikki luonnonvoimat ovat olleet vastaan, joten nyt tila alkaa olla pankin omaisuutta ja he määräävät mitä tehdään. Varmaankin he myyvät sen jollekin lähitilalliselle lisämaaksi." Sitten hän paiskasi oven kiinni ja meni ulos.

Alma katseli pitkään Einon perään. Sitten hän kääntyi Marjan puoleen. "Kyllä sua on täällä kohdeltu huonosti. Toivon, että saat tilan takaisin ja alat viljellä maita kuten ennenkin. Anna anteeksi. En mä tälläistä tarkoittanut."

"Kaikki tekee virheitä. Ole huoleti, mä kyllä annan sulle anteeksi, mutta oikeus antaa sulle kuitenkin jonkinmoisen rangaistuksen."

"Kyllä mä otan sellaisen vastaan. Sitten saan sovitettua tekoni ja saan tunnolleni rauhan. Tämä kaikki on painanut minua jo vuosia. Olen iloinen että, että saan tämän pois harteiltani."

Poliisi tutki perusteellisesti talon tapahtumia kuluneilta vuosilta. Eino oli viimeisimpinä vuosina alkanut ohjailla talon tuottoja omalle tililleen. Hän oli lisäksi maksanut serkuilleen ylimääräisiä palkkoja. Nämä selittivät, että ne oli vain siirretty heidän tileilleen, mutta oikeasti ne olivat Einon rahoja ja ne piti myöhemmin maksaa takaisin. Eino oli myynyt runsaasti puutavaraa metsäyhtiölle ja rahat hän oli käyttänyt omiin tarkoituksiinsa. Rahoja hän oli vaatinut käteisenä, mutta yhtiön kirjanpidosta nämäkin suoritukset selvisivät.

Einon serkut muuttivat talosta pois. Eino ja Alma jäivät vielä paikoilleen ja Eino toivoi, että asiat vielä selviäisivät hänen voitokseen.

Prosessi oli vielä Marjan syntymäpäivän aikaan käynnissä. Marja istui vuokrahuoneessa sängyllään ja mietti, mitä hänen nyt pitäisi tehdä. Uskaltaisiko hän lähteä tästä tutusta ympäristöstä takaisin kotikylään, missä kaikki katsoisivat häntä pitkään ja muistaisivat menneet tapahtumat.

Samalla hänen sisällään alkoi nousta taas kiukku. Mitä merkitystä toisten katseilla ja sanomisilla oikeastaan onkaan. Eivät he kuitenkaan kimppuun voi hyökätä. Hänhän menee sinne, mikä hänelle kuuluu.

Marja sanoutui irti työstään. Irtisanomisaika oli kaksi viikkoa. Hän ryhtyi pakkaamaan tavaroitaan. Anna ja Sirpa alkoivat etsiä uutta vuokralaista. Marja toivotti heidät tervetulleiksi käymään maalla sitten, kun hän on saanut paikat järjestykseen.

32. luku

Eino poistui talosta. Vain imelä viinan haju jäi leijumaan muistoksi hänestä.

Aamulla Marja kyseli Elsalta: "Millaista siellä raastuvassa oiken on. Mua on alkanut pelottaa, jos ne ovat kaikki Einon puolella ja mä joudun taas lähtemään täältä.

"Ole huoleti. Nyt uusi poliisi on erilainen kuin entinen vallesmanni. Luota, että oikeus tapahtuu. Voit alkaa lähettämään hyvää energiaa sinne. Keskityt joka päivä hetken itseesi ja sitten ajattelet tilannetta, mikä siellä oikeudessa on ja sitten vain lähetät rakkauden voimaa tulevaan tilanteeseen ja ajattelet, että kaikki tapahtuu oikein ja parhaan lopputuloksen saamiseksi."

"Onks tää niinku noitumista."

"Ei tämä mitään sellaista ole. Tämä vain vahvistaa energioita sekä sinussa että tilanteessa."

Elsa lähti kotiinsa, kun Manta saapui touhukkaana paikalle.

"Herra isä! Onpas paikat pantu huonoon kuntoon." Hän tuumi ja alkoi heti siivota. Kun he joivat iltateetä kyseli Manta tapahtumista. Hän oli kuullut kylällä kaikenlaisia pahoja juoruja, mutta ei hän niitä ollut uskonut. Hän oli joka ilta rukoillut Marjan puolesta. Olihan hän kuin oma tytär.

"Voin tulla taas huomenna. Kävin sanomassa itteni ylös. Ne olis nostanu mun palkkaakin, mutta mä sanoin, että nyt tämä tyttö lähtee takaisin maalle."

Raastuvassa Eino tuomittiin petoksesta ehdolliseen vankeuteen ja maksamaan aiheuttaneensa vahingot. Lisäksi hänet tuomittiin alaikäiseen kohdistuneesta seksuaalisesta väkivallasta maksamaan uhrille korvauksia. Muutama kyläläinen muisteli Einon kehuskelleen käyneensä Marjan kamarissa ja että Marja halusi mennä hänen kanssaan pikimiten naimisiin,.

Syksy oli saapunut ja puut olivat alkaneet pudotella keltaisia lehtiään. Marja oli asettunut taloon. Manta asui entisessä huoneessaan ja naiset olivat siivonneet koko rakennuksen siistiin kuntoon. Verhot koristivat ikkunoita ja lattioilla räsymatot olivat ojennuksessa.

Kyläläiset kävivät ahkerasti "tervehdyskäynneillä". He katselivat tarkasti joka nurkkaan. Jotkut jopa availivat komeroiden ovia. Silloin Manta huomautti topakasti, että mitä he tuumaisivat, jos hän tulisi aukomaan heidän huushollinsa kaappeja.

Ihmiset halusivat tietää, kuinka Marja aikoi taloaan pitää. Olisiko se vai asunto ja maat paketissa tai vuokralla. Lisäksi kaikkia kiinnosti oikeudenkäynti. Siitä puhuttiin puolesta ja vastaan.

Toisten mielestä Eino oli kokenut suurta vääryyttä, kun hänet oli tuomittu maksamaan anastamansa varat takaisin. Lisäksi hänen piti tuoda traktori varusteineen uudesta talostaan. Talonsa hän sai pitää. joskin siinä oli nyt paljon velkaa. Marja oli antanut osan veloista anteeksi, joten Einolla oli nyt paikka, missä asua.

Marjan syntymäpäivänä oli avattu kirje, jossa ilmeni, että Marjan nimissä oli joukko osakesijoituksia, jotka olivat tuottaneet hyvin. Hänellä oli nyt velaton talo ja varaa uudistuksiin.

Marja oli käynyt kysymässä neuvoja luomutilan perustamiseen. Pellot olivat olleet viljelemättä, eikä niille oltu levitetty keinolannotteita, joten luomun tuottaminen olisi mahdollista. Nyt aluksi hän kuitenkin muokkasi vain kasvimaata ja antoi ajatustena kehittyä. Kiirettä ei ollut.

Hän kokeili erilaisia yrttejä ja kasviksia. Osti muutaman lehmän ja pari sikaa ja kanoja. Niistä saisi lannoitetta pelloille. Parin vuoden päästä paikka näytti oikein siistiltä pikkutilalta.

33. luku

Marjalla oli levoton olo. Jokin veti häntä metsää kohti. Hän kulki polkua eteen päin ja saapui paikalle. jonne hän oli vuosia sitten kylvänyt Elsalta saamansa vaahteran siemenen.

Metsää oli kaadettu paikalta ja osa rungoista oli vielä pitkällään maassa. Vaahtera oli koskemattomana. Se oli kasvanut komeaksi puuksi ja sen juurella olevat katajat ja kivet näyttivät nyt kääpiöiltä sen rinnalla. Ilmeisesti kivikko oli suojellut sitä. Ajatteli Marja.

Hän meni lähemmäs puuta. Silitteli sen oksia ja nojasi sen runkoon. Tuokio tuntui rauhoittavalta ja hän tunsi itsensä iloiseksi ja vapaaksi. Monet menneet muistot kulkivat ajatuksina kuin filminauhalta hänen silmiensä editse.

Sitten hän säpsähti. Outo aistimus valtasi hänet. Kummallinen energia tuntui hänen kehossaan, aivan kuin joku katselisi häntä. Marja terästi katsettaan ja huomasi miehen hahmon lähestyvän.

"Kuinka kummassa Juuso on täällä ." Hahmo lähestyi määrätietoisin askelin.

Heidän katseensa kohtasivat ja Marja tunsi salaman menevän lävitseen. Hetken he vain tuijottivat toisiaan. Sitten Juuso avasi suunsa ja virkkoi: "Kuinka sinä tänne saavuit. Olen juuri ajatellut sinua ja toivonut kohtaavani sinut ja jos vain viitsit vielä jutella kanssani olisin ikionnellinen."

"Minulle tuli vain kummallinen olo ja oli pakko tulla tänne."

"Onpa tähän kasvanut komea vaahtera. Mistä lienee kotoisin. En tohtinut sitä kaataa, vaikka siinä olisi ollut hyvää ainesta rakennukseen, jota olemme juuri rakentamassa Hulkkosille."

Marja vain hymyili ja muisteli lapsuuttaan, jolloin Elsa oli antanut siemenen taikasauvaa varten. Ehkä se ei ollutkaan satua, vaan vaahterassa oli salaperäistä voimaa.

"Vuosia sitten sain Elsalta siemenen ja toin sen tänne kasvamaan. Se on minun taikapuuni. Siitä piti tulla taikasauva, mutta sitten olen unohtanut koko jutun."

"Taikasauva?" Ihmetteli Juuso. "Ja mitä sillä olisit taikonut?"

"Se oli silloin lapsuudessa, kun äiti vielä elää kitkutti ja kotona oli muutenkin vaikeaa. Toivoin tulevani noidaksi niinkuin Elsa. Sitten olisin parantanut äidin ja saanut isän rauhoittumaan ja muutenkin olisin tahtonut kaikki onnellisiksi."

"Tuohan kuulostaa jännittävältä. Sinulle ei kuitenkaan taikasauvaa suotu, vai miten on elämäsi mennyt?"

"Kyllähän itsekin varmaan tiedät, kuinka minulle silloin keskenkasvuisena kävi. Sain kokea pahoja asioita ja hävetä silmät päästäni juorujen takia. Se oli kovaa aikaa, mutta nyt olen siitä vapautunut ja olen muuntanut kokemukseni voimaksi. Ilman niitä kokemuksia en olisi nyt tässä tällaisena.

Kuulin, että sinä muutit Ruotsiin. Näinkin sinut silloin kesällä nätin tytön kanssa. Olit rikastunut ja ajelit hienolla autolla ympäriinsä. Kylällä oltiin kovasti kateellisia maailmanmiehelle."

"Voi, voi. Se oli silloin, kun minun piti näyttää, että olen menestyvä mies. Kaikki oli kulissia. Auto oli lainassa ja tyttöystävä oli sellainen "kesäkissa". Ei hän minua vakavasti ottanut. Käytti vain hyväksi ja kun rahat oli hassattu häipyi hän tiehensä."

"Onpa surullista kuultavaa. Kuinka nyt sitten olet täällä?"

"Ei oleminen siellä Ruotsissa kovin herkkua ollut. Töitä painettiin kahdessa vuorossa niska limassa liukuhinalla. Autoja valmistui tiuhaan tahtiin. Yötä vietettiin asuntolassa omissa porukoissa .

Korttia lyötiin ja viinaa juotiin. Haaveena oli rikastua ja palata kotikylälle näyttämään kuinka hyvin sitä pärjätään. Piti leuhkia kuinka hienoa Ruotsissa oli asustaa, missä kaikki oli paremmin.

Lomilla käydessä rehvasteltiin. Ruotsissa olin muukalainen "finne", pohjasakkaa, mutta en ollut enää Suomessakaan tavallinen jätkä vaan pakolainen, parempiin oloihin kiipeilevä pyrkyri.

Vuodet kuluivat, eikä niitä rikkauksia päässyt kertymään. Lopulta kyllästyin koko hommaan ja muutin tänne kotikulmille. Nyt asustelen Hulkkosten aitassa ja auttelen heitä uuden asunnon rakentamisessa.

Olen kuullut, että olet saanut asiasi järjestykseen. Sinulla on nyt talo ja pärjäät kuulema hyvin talonpidossa."

"Niinpä niin. Kovemman kautta on menty kumpikin."

Samassa Juuso kiersi kätensä Marjan hartioiden ympäri. Sanat loppuivat. Lämmin sähköinen virtaus kulki Marjan läpi.

"Kuinka tällaista voi ollakaan". Hän ajatteli ja nojautui Juuson syliin. Hän tunsi sydämensä lyövän tuhatta ja sataa. Juuso suuteli häntä hellästi otsalle.

"Muistatko, kun isäntä oli kuollut ja kerroin sinulle tapahtuneesta. Tuntuu kuin vain jatkaisimme siitä. Sinua olen ikävöinyt siellä Ruotsissa ja nyt olen etsinyt tilaisuutta kohtaamiseesi."

Marjan silmistä alkoivat suuret kyyneleet virrata, eikä hän saanut sanaa suustaan. Oli kuin aika olisi pysähtynyt. Menneet, tulevat ja nykyhetki kaikki sulassa sovussa.

"Miten tällaista voi tapahtua. Tämä on kuin satua lumotussa metsässä."

" Mutta mehän ollaan lumotussa satumetsässä." Juuso sanoi ja nojautui verivaahteraa vasten.

"Voi kuinka olen kaivannut sinua ja nyt olet tässä lähelläni. Saanko pitää sinua oikein kunnolla."

Sitten hän puristi Marjan itseään vasten. He juttelivat vielä tuokion. Sitten Juuso sanoi, että hänen pitää ruveta töihin, muuten ei Hulkkonen maksa palkkaa. Se on aika pihi mies muutenkin.

" Ei sinulla olisi minulle työtä tarjolla. Tulisin ihan ylöspitoa ja pientä taskurahaa vastaan? Siellä Hulkkosen aitassa alkaa olla jo viileää."

"No joo. Isännän paikka olisi tarjolla. Siihen kuuluu paljon töitä. Kamarin saisit ja ruuan. Loput tienistit tulisivat sen mukaan, miten tila tuottaa. Olen aikonut ruveta luomuviljelijäksi, kun nuo pellot ovat olleet sopivasti kesannolla. Karjaakin olen aikonut hankkia lisää ja yrttien kasvatus on minusta mielenkiintoista.”

”Oletko aivan tosissasi?” Juuso alkoi epäillä. Sitten he molemmat puhkesivat nauruun.

”Tämä on varmaan unta, josta en kyllä halua herätä ollenkaan.” ajatteli Marja.

Kuukauden päästä Juuso muutti peräkamariin. Kylällä alettiin taas puhua. On tuo nuorison käytös aivan kamalaa. Synnissä eletään, ei minkäänlaisia tapoja.

Lopulta juorut kuivuivat kokoon, kun huomattiin, että pariskunnalla oli kiiltävät sormukset sormissaan ja postilaatikkoon oli tullut uusi sukunimi.